Franz Nuoffer

Die erste Phase des Aufstandes der Kosaken unter Chmielnicki in den Jahren 1648-1649

SALZWASSER
VERLAG

Franz Nuoffer

Die erste Phase des Aufstandes der Kosaken unter Chmielnicki in den Jahren 1648-1649

Unveränderter Nachdruck der Originalausgabe von 1869.

1. Auflage 2022 | ISBN: 978-3-37501-494-0

Verlag: Salzwasser Verlag GmbH, Zeilweg 44, 60439 Frankfurt, Deutschland
Vertretungsberechtigt: E. Roepke, Zeilweg 44, 60439 Frankfurt, Deutschland
Druck: Books on Demand GmbH, In de Tarpen 42, 22848 Norderstedt, Deutschland

DIE ERSTE PHASE

DES

AUFSTANDES DER KOSAKEN

UNTER

CHMIELNICKI

IN DEN JAHREN 1648—1649.

———————

INAUGURAL-DISSERTATION

ZUR ERLANGUNG DER

DOCTORWÜRDE BEI DER PHILOSOPHISCHEN FACULTÄT

DER UNIVERSITÄT ZU LEIPZIG

VON

FRANZ NUOFFER

AUS WONGROWIÉC.

———————

LEIPZIG, 1869.

DRUCK VON ALEXANDER EDELMANN,

UNIVERSITÄTS-BUCHDRUCKER.

SEINER HOCHVEREHRTEN TANTE,

DER STIFTSDAME

ERNESTINE von POGRELL

AUS LIEBE UND DANKBARKEIT

GEWIDMET

VOM

VERFASSER.

Die erste Phase des Aufstandes der Kosaken unter Chmielnicki in den Jahren 1648 u. 49.

Zur richtigen Würdigung der zu beschreibenden Ereignisse in der Ukraine sind wir genöthigt, Einiges über die Einwohner dieses Landes und ihr Verhältniss zur Krone Polen vorauszuschicken.

Die Gegenden der Ukraine und Podoliens, welche an das Gebiet der Perekopischen oder Krimtataren grenzten, waren fortwährend den Einfällen dieser raublustigen Horden ausgesetzt, die das Land plünderten, die Produkte desselben raubten und Männer, Frauen und Kinder in die Gefangenschaft schleppten, um sie dann weiter als Sklaven zu verkaufen. Durch diese Einfälle und Wegführungen wurde die ohnehin schwache, vorherrschend ruthenische Bevölkerung so bedeutend gelichtet, dass bald grosse Strecken Landes völlig unbewohnt und herrenlos dalagen.

Da nun die Ländereien besagter Provinzen die fruchtbarsten waren, und die Besitznahme so leicht erfolgen konnte, weil sich jeder ein Grundstück als res nullius iure primi occupantis aneignen konnte, so kann es uns nicht wundern, wenn, durch solche Vortheile gelockt, trotz der drohenden Tatarengefahr in jenen weitausgedehnten Ebenen neue Ansiedelungen entstanden und sich dort allmälig fremde Elemente festsetzten. Diese neue Bevölkerung bestand hauptsächlich aus Einwanderern aus dem Kronlande Polen und aus Lithauen.

Es waren einerseits, und zwar zum grössten Theile, arme Edelleute, die, entweder weil sie in der Heimath keinen Raum gehabt hatten, oder von Thatendurst getrieben wurden, in die Ukraine auswanderten, um sich dort eine Existenz zu gründen und den neuen Besitz im Kampfe gegen die Tataren zu behaupten, es waren andrerseits aber auch Bauern aus denselben Ländern, die sich dem Drucke der Grossen entzogen und in der Ukraine einen freien Besitz gründeten.

Schon konnte Kromer in der zweiten Hälfte des 16. Jahrhunderts schreiben, dass in den südlichen Gegenden Rutheniens mehr der polnische als der ruthenische Dialect gesprochen werde, da sich wegen des fruchtbaren Landes und des Kampfes mit den Tataren viele Polen dort ansiedelten.

Als die Republik Polen in diesen Gegenden das Uebergewicht bekommen hatte und die Constitution von 1590 [1]) es dem Könige erlaubte, grosse Strecken der puszcza hinter Białocerkiew ohne Weiteres an Männer, die sich um den Staat verdient gemacht hatten, zu verschenken, vertheilte Sigismund III. an die Familien der Ostrogscy, Wiśniowieccy, Kalinowscy, Koniecpolscy und Anderer bedeutende Territorien in der Ukraine, zu denen diese Magnatenfamilien, deren Schwerpunkt trotzdem immer im Kronlande und in Lithauen blieb, durch Versprechung vieler Freiheiten Bevölkerung herbeizuziehen suchten. Die Grundstücke wurden den Colonisten entweder ganz lastenfrei zuertheilt oder sie sollten es wenigstens auf die Dauer von 20 Jahren sein, nach Verlauf welcher Zeit ein ganz geringer Zins gezahlt, nie aber Frohndienste geleistet wurden [2]). Die grösste Colonisation in der Ukraine seitens der Polen hatte in den Jahrzehnten vor dem Aufstande des Chmielnicki unter dem Könige Ladislaus IV. Statt.

---

1) Vol. leg. t. II. Ausgabe v. Ohrysko.
2) S. Grondski: historia belli Cosaco-Polonici. Editio K. Koppi a. 1789. — pag. 22.

So kam es, dass zum Schaden der andern Gegenden der Republik Polen zu den verschiedensten Zeiten Theile der Bevölkerung des Kronlandes und Lithauens in die Ukraine auswanderten und dort viele Kleingüterbesitze gründeten.

Da diese polnischen Colonisten stets unter den Waffen sein mussten, um den Angriffen der Tataren zu jeder Stunde begegnen zu können, da sie nur in bewaffneten Schaaren zur Bebauung des Feldes ausziehen konnten, mithin jeder Familien- und Hausvater zum Kriegshandwerk genöthigt und später auch verpflichtet war, so entwickelte sich unter der Bevölkerung der Ukraine ein kriegerischer Geist, der eine immer grössere Bedeutung erlangte, und mit diesem zugleich fasste das Bewusstsein völliger Gleichberechtigung Wurzel. Ganz im Gegensatze zum Kronlande, wo sich der Adel mit seiner Geburt brüstete, die ihm Vollbürgerrechte gewährte und zur Theilnahme an der Staatsgewalt befähigte, fiel hier die Schranke des Standes, durch welche der Adelige vom Bauer getrennt wurde. In gleichem Masse wie der niedere Adel, der sich hier vorzugsweise ansiedelte, unter der Masse der später hinzukommenden Bauern verschwand und wie er durch die drohende Gefahr mit dem andern Stande auf eine Stufe gestellt wurde, vergass er auch hier auf den kresy (Grenzlinien) seine Abstammung und sein Wappen und gewöhnte sich, jeden freien landsässigen Grenzbewohner als seines Gleichen anzusehen.

Auf diese Weise entstand in der Ukraine eine eigenthümliche, waffenkundige Grenzbewohnerschaft, die zur natürlichen Schutzwehr für die Republik Polen wurde und einzig im Stande war, den gefährlichen Nachbarn entschieden und kräftig entgegen zu treten. Es ist dies die kriegerische Schaar der ukrainischen Kosaken, die demnach kein besonderer Volksstamm, kein den Polen fremdes Element sind, wie man fälschlich behauptet hat, sondern als ein Mischvolk aus Polen und Ruthenen aufgefasst werden müssen, wobei jedoch die Letzteren nur als ein Zusatz anzusehen sind.

Das Wort Kosak bezeichnet einen jeden Leichtbewaffneten und ist tatarischen Ursprungs, wie mehrere andere Wörter (z. B. kosch, das Lager), welche sich auf verschiedene, den Tataren entlehnte Einrichtungen beziehen. Jeder Grenzbewohner, der im Kampfe gegen die Türken und Tataren auftrat, wurde ohne jegliche Beziehung auf Nationalität, Oertlichkeit etc. Kosak genannt und nannte sich schliesslich selbst so.

Durch eine Art militärischer Organisation zerfielen die Kosaken in eine reguläre und irreguläre Miliz. Die erstere, die posłuszny, bestand aus den abgabenfreien Grundbesitzern, ungefähr 90 Procent der Bevölkerung jener Gegenden. Sie waren zum unentgeltlichen Kriegsdienste und zur unentgeltlichen Verwaltung der Kosakenämter verpflichtet und hiessen, sofern sie von freien Kosaken geboren, selbst wieder als Kosaken dienten, mołojcy oder auch Edelgeborne. Die später in die Ukraine Eingewanderten traten erst, wenn sie sich Verdienste erworben hatten, in die Rechte der Ersteren ein, wie sie denn auch gewöhnlich nicht zu den Ehrenämtern gewählt wurden. Die andere, die irreguläre Miliz, nieposłuszny genannt, setzte sich aus den niedrigen Elementen (die czerń), den im Kriege erbeuteten oder durch Kauf erworbenen Leibeigenen zusammen (Hörige gab es unter den Kosaken nicht) und wurde nur im äussersten Nothfalle zu dem Waffendienste herangezogen.

Unsere hervorragende Aufmerksamkeit aber nimmt ein Kosakenverband in Anspruch, der, im Mittelpunkte des ganzen Kosakenthums stehend, ganz besonders einflussreich und bedeutsam war: das sind die Saporoger, so genannt, weil sie die Ländereien hinter den Wasserfällen (za porohami) des Dniepr bewohnten; ein anderer Name war Niżowcer[3]). Sie verdanken ihren Ursprung

---

3) niż = die Niederung, also Bewohner der Niederung. Das Saporogische Land heisst auch „die wüsten Felder"; dzikie pola.

den Kosaken der Ukraine, welche in Zeiten der Noth die Inseln des Dniepr gewissermassen als Zufluchtsort vor den Tataren benützten, von wo aus sie dann wohl auch die von ihren Raubzügen heimkehrenden Tataren überfielen, um ihnen ihre Beute abzujagen. War die Tatarengefahr vorüber, so kehrten sie wieder zu ihrem Tagewerke zurück[4]).

Allein, was anfangs blos der eignen Sicherheit gegolten hatte, wurde bald einem Theile unter ihnen zum förmlichen Handwerke. Verstärkt durch Leute aus aller Herren Länder, die entweder der persönlichen Sicherheit wegen, weil mit dem Reichsbanne belegt, ihre Heimath hatten verlassen müssen, oder die nun auf abenteuerliche Weise ihr Leben fristen wollten, nachdem sie Hab und Gut verbracht hatten, unter denen aber gleichwohl die aus der Ukraine den Stamm bildeten, setzten sie sich auf den fast unzugänglichen Inseln des Dniepr und dann überhaupt auf dem linken Ufer dieses Flusses fest; die Tatarenbeute bot ihnen reichlichen Lebensunterhalt und so verwandelten sie das Vertheidigungs- in ein Angriffssystem[5]). Hätte ihnen auch das Land, das sie inne hatten, durch Ackerbau, Viehzucht, Fischerei und Jagd reichliche Nahrung geboten, so zogen sie es doch vor, durch Krieg sich ihren Unterhalt leichter zu erwerben. Bewaffnet mit Säbel, Pike, Dolch und Flinte, wie die ukrainischen Kosaken, und zu Fuss kämpfend, denn so haben wir sie uns wenigstens bis ins 17. Jahrhundert vorzustellen, lauerten sie in den Wasserdefiléen ihren Feind auf. Der Krieg wurde der Zweck ihres Verbandes, der die Form einer Demokratie annahm. Jeder hatte gleiche Rechte. Sie wohnten gemeinschaftlich und vertheilten die erkämpfte Beute gleichmässig. Die erste Bedingung zur Aufnahme in den Verband war, dem Schisma treu und während der Mitgliedschaft unbeweibt

---

4) Engel, Geschichte der Ukraine pag. 43.
5) Rudawski: hist. Pol. ab excessu Vlad. IV. etc. lib. I, cap. 2. pag. 5.

zu bleiben, Ihre Zahl ergänzte sich ausser durch herbei-
strömende Erwachsene noch durch geraubte Knaben und
Waisen, die sie in ihren Sitten und Gebräuchen aufziehen
liessen. Der Austritt aus dem Verbande stand aber Jedem zu jeder Zeit frei. Diejenigen, welche die Gesell-
schaft verliessen und sich ansässig machten, heiratheten
gewöhnlich Polinnen aus den benachbarten Städten und
vermehrten so die Zahl der ukrainischen Kosaken; ebenso wurden ruthenische Bauern, die eine Zeitlang den
Saporogern angehört hatten, freie landsässige Kosaken,
so dass auf diese Weise die Saporoger in stetem, ununter-
brochenem Verkehr mit den ukrainischen Kosaken blieben, aus 'denen sie sich ja hauptsächlich erneuerten.
Sie unterstützten daher die Pläne und Absichten derselben und dies konnten sie um so besser und kräftiger,
da sie sowohl durch ihre Lebensweise die Verwegensten
und Kühnsten unter der Bevölkerung waren, als auch
offenbar durch die grosse Zahl der Edelleute, die in
ihrer Mitte weilten, den vornehmen und gebildeteren Theil
ausmachten. Natürlich hatten diese Edelleute gemäss
dem Geiste der ganzen Verbindung nicht nur ihren Stand
und ihr Wappen aufgegeben, sondern sogar den Familien-
namen fallen lassen und dafür beliebige, oft wunderliche
Namen angenommen, z. B. Półtorakożucha, Krzywonos etc.
Die Stellung der Saporoger zu den ukrainischen Kosaken
characterisirt Lelewel[6]) richtig, wenn er sagt: „Sie waren
das Centrum und die Triebfeder aller kosakischen Thätig-
keit und der Sitz und Ausgangspunkt aller Revolten.
Wenn sie auch mit den ukrainischen Kosaken stets gemeinsame Sache machten, so sind sie doch zu keiner
Zeit darin aufgegangen."
Die Kosaken, ganz allgemein genommen, bildeten
eine Miliz, die von grösster Wichtigkeit für Polen war;
denn sie waren stets kriegsbereit, ein wichtiger Umstand,
zumal damals, wo es keine bedeutenden stehenden Heere

6) J. Lelewel: Polska, dzieje i rzeczy jej. Bd III. pag. 853.

gab und das allgemeine Aufgebot, das pospolite ruszenie, sich nur langsam sammeln konnte. Im Falle eines Krieges verstärkten sie das eigentliche Heer auf dem Kampfplatze und verursachten wenig Kosten, da sich jeder selbst ausrüsten musste.

Leider verstand es die Republik Polen wenig, diese Streitkräfte auszunützen, ja man war in späterer Zeit sogar eher geneigt, diese Macht zum eignen Unheil zu unterdrücken. Der polnische Adel bekämpfte lieber die eigenen Brüder, als dass er mit ihnen gemeinschaftlich die äussern Feinde des Reichs abgehalten hätte.

Die Organisation der Kosaken war eine echt slavisch-patriarchalische. Das Oberhaupt war ein Ataman oder Hetman, d. h. Heerführer, den sie selbst wählten, wobei, wie überhaupt bei allen Wahlen, die Saporoger die Hauptstimme hatten. Ihm zur Seite stand die starszyzna, der Aeltestenrath, der nur einen geringen Einfluss auf den Hetman ausübte. Nach alter Gewohnheit, ohne geschriebenes Recht, hing vom Ataman und dieser Behörde die Regierung des ganzen Volkes ab, das in Sotnien, d. h. Hundertschaften, an deren Spitze gewählte Führer standen, getheilt war. Ebenso waren in den einzelnen Gemeinden gewählte Häupter. Bei diesen Wahlen wurden besonders die ältesten Geschlechter berücksichtigt, wie denn überhaupt das Gemeinwesen dieser militärischen Demokratie einen stark patriarchalischen Anstrich hatte.

Als die Kosaken durch die Union von Lublin im Jahre 1569 in den Staatsverband der Republik aufgenommen worden waren, nahmen sie darin eine unvortheilhafte Sonderstellung ein; denn, da sie frei und landsässig waren, konnten sie nicht als Bauern gelten; andrerseits aber auch nicht als Edelleute, da sie nicht an der Leitung der Republik Theil nahmen, ein Vorrecht, welches nur dem landsässigen Adel der Krone Polens und Lithauens zukam. Als Freie und Gleichgestellte waren sie einverleibt worden, aber zu vollen Staatsbürgern wurden sie nicht. Man gab ihnen nicht Sitz und Stimme im Reichstage, weil sie keine Abgaben zahlten, und doch bedachte man dabei nicht, dass sie der Republik grössere Dienste leisteten, als gerade die, welche im Abgabezahlen bestanden.

Als erster Ataman der Kosaken erscheint um das Jahr 1500 unter Sigismund I. Przecław Lanckoroński.[7]) Er war nicht von der Krone Polen geschickt worden; auch scheint es mehr als wenn er sich eigenmächtig zum Hetmann der Ukraine aufgeworfen hätte, als dass er durch Wahl zu dieser Würde gelangt wäre. Er war es, der die Eintheilung der Kosaken in Regimenter und Sotnien vornahm. Woher er freilich diese Machtbefugniss ableitete, lässt sich schwer bestimmen, nur so viel ist anzunehmen, dass er die Kosaken in Sold nahm, um an ihrer Spitze Krieg zu führen. Uebrigens war seine Gewalt anfangs unumschränkt und seine Einrichtungen gingen traditionell auf die spätere Zeit über, durch das Recht der Gewohnheit sanctionirt. Speciell die Saporoger anlangend, so war es zuerst Ostafiej Daszkowicz, der ihnen Bedeutung dadurch gab, dass er sie 1509 als Freicorps im Kriege gegen die Tataren unter dem Kronhetman Constantin von Ostrog benutzte, sie disciplinirte, in Abtheilungen theilte, denen von den Kosaken gewählte Officiere vorstanden, und ihnen die Insel Chortica zum Waffenplatz bestimmte.

Starowolski nennt ihn in seiner Schrift: Sarmatiae bellatores,[8]) gradezu den Urheber der Saporoger, wie er denn auch ihr erster Lagerhauptmann (Ataman koszowy) war.

Unter Sigismund I. leistete diese Schaar der Republik Polen grosse Dienste durch ihre geregelten Streifzüge gegen die Tataren. Sigismund übergab ihnen zum Dank dafür das Land an den Porogen zur völligen Besitznahme.

---

7) Maciejowski: Pamietniki etc. Band I. pag 291.
8) Sarmatiae bellatores N. LXXIX. pag. 153.

Der König Stephan Batory, der gegen Ende seines
Lebens mit dem Plane eines Krieges gegen die Türken
umging, erkannte mehr als jeder Andere die Wichtigkeit
der Kosaken. Er schuf ihnen eine neue Organisation,
indem er 6000 Kosaken einregistrirte, d. h. auf Sold
stellte, welcher, wie der der Quartani, aus dem vierten
Theile der Einkünfte der königlichen Tischgüter herfloss.
Er machte ihnen ferner Geschenke an Ländereien und
bestimmte, dass auch ruthenische Bauern und solche von
den königlichen Gütern einregistrirt werden dürften und
dass sie nach abgelaufener Dienstzeit frei auf die Scholle
zurückkehren sollten.

Dies und das erwähnte Freiwerden durch den
Aufenthalt unter den Saporogern machen es erklärlich,
dass schon 1620 und 21 die Zahl der Kosaken auf
30,000 angewachsen war, eine Zahl, die sich leicht bis
auf 50,000 bringen liess. Stephan Batory bestimmte die
Stadt Trechtimirow zum Sitz des Kosakenhetmans, den
die Krone nach geschehener Wahl nur zu bestätigen
hatte und ordnete ihm einen zweiten Hetman, den Hetman
nakaźny, dessen Sitz die Stadt Czerkasy wurde, unter[9]).
Er stellte die registrirten Kosaken unter die Gerichts-
barkeit dieser Hetmans und der Regimentsbefehlshaber,
die das Land bebauenden aber unter das Tribunal von
Czerkasy, während, wie bekannt, die Bewohner der Städte
im polnischen Reiche nach dem Magdeburgischen Rechte
gerichtet wurden. Wenn es so einerseits nicht geleugnet
werden kann, dass Stephan Batory sich Verdienste um
die Kosaken erworben hat, so wird er doch, wie später
Ladislaus IV., andrerseits beschuldigt, diese Reorga-
nisation der Kosaken, diese Legalisirung ihrer Existenz zur Ausführung dynastischer Zwecke vorgenommen
zu haben. Sei dem, wie ihm wolle, so muss doch jeder
Vorurtheilsfreie zugeben, dass die Deckung der gefähr-

---

9) Der Hetman nakaźny entspricht dem Hetman polny der
Krone und Lithauens.

deten Grenzlinie und die wenn auch vorläufig nur in militärischer Hinsicht angestrebte Gleichstellung der Ukraine mit den andern Provinzen seine erste Absicht hierbei war. Den Saporogern liess er ihre Einrichtungen und erweiterte nur die Schenkungen Sigismunds I. Mit dem Tode dieses Königs sollte sich freilich Vieles in der Lage der Kosaken ändern.

Unter seinem Nachfolger nämlich, unter Sigismund III., der 1587 auf den Thron kam, war der Adel bemüht, die Macht der Kosaken zu brechen, die unabhängige Stellung, die sie sich erworben hatten, in eine abhängige zu verwandeln, aus Rittern Bauern zu machen. Der Adel, der ins Wohlleben versunken, die Aufgabe Polens, eine Vormauer gegen die Ungläubigen zu sein, über seinen agrarischen Beschäftigungen ganz vergass, der um jeden Preis den von den Türken mühselig erkauften Frieden bewahren wollte, fürchtete, die Einfälle der Kosaken in das türkische Gebiet möchten die Pforte reizen und zu einem Kriege gegen Polen veranlassen. Um nun nicht in diese Verlegenheit zu gerathen, fasste man den Beschluss, die Thatenlust der Kosaken und vor allem die der Saporoger, die ja ihrer Bestimmung gemäss fortwährend gegen die Türken unter Waffen standen, zu dämpfen. Man zog es vor, die eignen Brüder zu befehden, ihnen die Waffen aus der Hand zu winden und sie zu friedlicher Beschäftigung zu zwingen.

Als Sigismund III., der die Stellung und die Bedeutung der Kosaken vernichten wollte, damit begann, dass er das Amt des ukrainischen Hetmans im Jahre 1590 aufhob, die Kosaken unter den Kronhetman stellte und ihnen zu gleicher Zeit das Recht nahm, die starszyzna, die er fortan selbst einsetzte, zu wählen, entriss ihnen der Adel, hierdurch ermuthigt, das Land, auf dem sie bis dahin frei gesessen hatten und theilte es den Starosteien und Privatbesitzungen zu. Sie selbst wurden zu zinspflichtigen Bauern ohne persönliche Freiheit gemacht; nur die registrirten Kosaken waren, so lange sie dienten,

von Leibeigendiensten frei, mussten aber ihren Herrn
Zins von ihrem Erwerbe zahlen; auch sollten ihre Söhne,
falls sie nicht selber dienten, gleicherweise Leibeigne sein[10]).
Die Saporoger wurden für Vaterlandsverräther erklärt
und das Ausziehen des polnischen Adels auf den niż
mit Infamie belegt[11]).

An Stelle der Hetmans der Kosaken wurden zwei
Kommissare als höchste königliche Beamte eingesetzt,
ohne deren Erlaubniss 'Niemand nach den Porogen gehen
durfte. Die Sicz wurde zum Standquartier eines Re-
gimentes einregistrirter Kosaken.

Gegen solche Massregeln sträubte sich die Natur
der Kosaken und es kam zu einer Reihe von Revolten.
Diese Kämpfe dauerten von 1592 bis 1638 und endigten
schliesslich mit der gänzlichen Niederlage der Kosaken
und der Einziehung der Gerechtsame, welche die Könige
Sigismund I. und Stephan Batory ihnen verliehen hatten.
Hiermit tritt nun ein Umschwung der Dinge ein. Die
Kosaken, welche bisher der Republik Polen treu gedient
hatten, die gegen alle Feinde derselben stets zahlreich
ausgezogen waren und zu den von der Republik erfoch-
tenen Siegen wesentlich beigetragen hatten, eben dieselben werden forthin die Plage und das Unglück des eignen
Vaterlandes; dieselben tapfern Streiter, die unter ihrem
Ataman Konasewicz am glorreichen Tage von Chocim
Wunder der Tapferkeit verrichteten, sie sind von nun
an viel geneigter mit dem Feinde des Vaterlands zu
ziehen, als gegen ihn.

Nirgends hat der polnische Adel, der nun fast ganz
das Steuer des Staatsschiffes in seinen Händen hielt, so
wenig politische Einsicht gezeigt, wie hier bei der Unterdrückung der Kosaken; die Republik hat es aber auch
schwer büssen müssen, dass sie die Kraft und Macht,
welche sie in den Kosaken besass, nicht zu würdigen
wusste.

---

10) S. Grondski: hist. belli Cosacco-Polonici. pag. 31.
11) Const. v. 1593. vol. leg. pars II.

Es kann uns unter solchen Umständen nicht befremden, dass die Unterdrückten bei den Türken und Tataren Hülfe suchten, denen wiederum eine Verbindung mit den Kosaken, vor deren Invasionen die Gestade des schwarzen Meeres nicht sicher waren, vor denen sogar Stambul gezittert hatte, willkommen war. Lange hatten die Kosaken den Anfechtungen widerstanden und alle Anerbietungen fremder Mächte, durch welche sie zu einem Bündniss gegen ihr eigenes Vaterland verleitet werden sollten, zurückgewiesen. Sie waren nicht eingegangen auf die Vorschläge, welche Michael, der Hospodar der Wallachei, nicht auf die, welche ihnen die Pforte während ihres Krieges gegen Sigismund III. gemacht hatte, trotzdem, dass Letztere ihnen völlige Freiheit, das heisst, das zu gewähren versprach, was ihnen die Republik Polen vorenthielt. Fremde Mächte hatten den Kosaken ihre Erkenntlichkeit für geleistete Dienste erwiesen, so z. B. Kaiser Rudolph II., der ihnen Geld und als Auszeichnung Fahnen dafür schickte, dass sie während seines Krieges mit den Türken im Jahre 1593 unter ihrem Anführer Łoboda die Gegenden des schwarzen Meeres beunruhigt hatten und ihr Ataman Nalewajko auf seine Aufforderung hin in Ungarn eingefallen war. Russland zahlte ihnen ein Jahrgeld, ein· sogenanntes požałowanie, für ihre Kämpfe mit den Tataren, welche die Grenzen des russischen Reichs beunruhigten, aus. Nur Polen war so kurzsichtig, die Kosaken nicht nach ihrem Werthe zu schätzen; ja mehr, es verweigerte ihnen den versprochenen Sold, drohte sogar, sie, wenn sie denselben fordern würden, mit dem Reichsbanne zu belegen und verlegte den Saporogern schliesslich durch Erbauung der Feste Kudak am Dniepr den Weg von der Sicz den genannten Fluss hinab, wodurch ihre Streifzüge, von denen sie zum grössten Theile lebten, unmöglich gemacht wurden. Was Wunder, wenn sie sich gegen Polen selbst wandten, um sich hier für alle angethane Unbill schadlos zu halten.

In ein neues Stadium trat das Kosakenthum unter der Regierung Ladislaus IV.

Die Kosaken hatten stets nach Ritterart eine grosse Anhänglichkeit an das Königthum gezeigt. Dies Zeugniss giebt ihnen jeder Schriftsteller. Bei jeder Gelegenheit hatten sie sich als Stützen desselben erwiesen. Wenn das Vaterland in Noth war, zogen sie auf seinen Ruf freudig ins Feld und standen ihm treuer zur Seite als das pospolite ruszenie. Diese Treue ging sogar so weit, dass sie in den wüthendsten Augenblicken des Aufruhrs auf die Stimme des Königs hörten und auf seine Versöhnungsversuche eingingen. Hiermit legten sie ihre Unterthanentreue, ihre Angehörigkeit zur Krone Polen, die Liebe für das gemeinsame Vaterland glänzender an den Tag als der Adel der Krone Polen und Lithauens. Nur gegen die Magnaten, ihre Unterdrücker, wandte sich ihr Hass. Sie nannten dieselben treffend wegen ihres eigenmächtigen Verfahrens króliki (kleine Könige).

Als daher der König Ladislaus IV. der in die Fusstapfen des grössten polnischen Monarchen, des Stephan Batory, treten wollte, den Kosaken gleich am Anfange seiner Regierung sein Wohlwollen zeigte, wandten sie sich iu ihrer Noth an ihn; aber so gern er geholfen hätte, konnte er doch seine Absichten nicht verwirklichen: die Stände hinderten ihn daran. Es gelang ihm nicht einmal die neuen gegen sie gerichteten Gewaltmaassregeln des Adels abzuwenden und das Einzige, was er zur Linderung ihrer Noth thun konnte, war, dass er den religiösen Verfolgungen der Nichtunirten Einhalt that. Diese Verfolgungen waren nämlich durch die Brześcier Union von 1596 hervorgerufen worden, deren politischer Zweck der war, die Ukraine den Einflüssen Russlands zu entziehen, die jedoch das grade Gegentheil bewirkte, da es ganz natürlich war, dass die verfolgten Nichtunirten nur allzu geneigt waren, bei ihren Glaubensgenossen Hülfe zu suchen. Ladislaus verbot daher die gewaltsame Besitznahme der Kirchen, erlaubte den durch Zwang Be-

kehrten zur Religion ihrer Väter zurückzukehren, brachte
aber freilich dadurch den herrschsüchtigen Adel und die
fanatischen Bischöfe gegen sich auf.

Noch bei einer andern Gelegenheit legte der König
sein Wohlwollen gegen die Kosaken an den Tag. Als
die irregulären Kosaken mit den Saporogern die Festung
Kudak, welche ihnen die Möglichkeit, Streifzüge zu machen,
benahm, in Abwesenheit des Kronhetmans Koniecpolski,
des Erbauers dieser Festung, unter ihrem Ataman Su-
lima zerstört hatten, dieser aber von den bedrängten
Kosaken hatte ausgeliefert werden müssen, wollte der
König ihn durch seine Fürsprache retten, konnte es jedoch nicht verhindern, dass er enthauptet wurde. Wie
gross trotzdem die Hoffnung und das Zutrauen der Kosaken zu König Ladislaus war, beweist die Thatsache,
dass das bei Gelegenheit einer Reise des Königs nach
Lithauen unter den Kosaken verbreitete Gerücht, der
König sei vor den Magnaten geflohen und wolle sich in
die Arme der Saporoger werfen, eine allgemeine Auf-
regung unter denselben hervorrief. Die allerwärts unterdrückten und beeinträchtigten Kosaken sahen nur in dem
Könige ihre Rettung und je mehr er dem Adel unliebsam
wurde, um so höher stieg er bei ihnen im Ansehen.

Bald sollte sich den Kosaken Gelegenheit bieten, das Bündniss, welches sie 1645 mit den Tataren
einzugehen gesonnen waren, zu vergessen. Der König
nämlich, dessen kriegerischer Sinn im Frieden keine
Ruhe fand und der sich von dem lästigen Drucke des
Adels befreien wollte, wurde von dem venetianischen Gesandten Tiepolo, welcher die Hochzeitsfeierlichkeiten des
Königs mit Maria von Gonzaga als Vorwand seiner An-
wesenheit in Warschau benutzte, zu einem Kriege gegen
die Türken zu bestimmen gesucht, und ging, wie sich
leicht denken lässt, auf diesen Plan ein [12]).

Sein erstes Augenmerk richtete er hierbei auf die

---

12) Relation des J. Tiepolo in Zbiór pamiętników etc. von
Niemcewicz Bd. V. pag. 5 u. flg.

Kosaken als die zuverlässigsten und kriegstüchtigsten
Truppen der ganzen Republik. In der ersten Hälfte des
Jahres 1646 begannen die Berathungen zwischen dem
Könige, dem Grosshetman Koniecpolski und dem Gross-
kanzler Ossolinski.

Man beabsichtigte den Plan bald auszuführen, zumal da auch sonst die Lage der Dinge eine vortheil-
hafte war. Das westliche Europa begünstigte die Absichten des Königs; Venedig gab Geld zum Kriege,
desgleichen der Papst durch seinen Nuntius de Torre,
und die Königin schoss aus ihrer Privatcasse eine bedeutende Summe zur Ausrüstung vor. Um sich zunächst
der Kosaken für seine Pläne vollständig zu versichern,
schickte der König einen Vertrauten, den Radziejowski,
an sie. Ja er soll sogar nach Linage ein eigenhändiges
Schreiben an den Assaul Barabaszenko gerichtet haben,
worin er die Kosaken zur Wiedererringung ihrer Freiheiten und Rechtsbriefe aufgefordert habe. [13])

Auf den Ruf des Königs trafen sofort vier Abge-
sandte der Kosaken, unter ihnen Chmielnicki, der nach-
malige Urheber des Aufstandes im Jahre 1648, in Warschau ein, wo sie nicht nur die Bestätigung der früheren
Gerechtsame, sondern sogar neue erhielten. [14]) Die Zahl
der einregistrirten Kosaken sollte von 6000 auf 12,000
erhöht werden.

Barabaszenko wurde zum königlichen Commissar er-
nannt [15]); Chmielnicki erhielt das Amt eines Schreibers,
eine hohe Ehrenstelle bei den Saporogern, da durch seine
Hände alle Schriftstücke gehen mussten, und den Oberbefehl über die Abtheilung der Kosaken, welche den
Dniepr hinab gehen sollte; den Regimentern wurden
neue Fahnen und Abzeichen gegeben; der König gab
sogar aus seiner Privatkasse 6000 Thlr. zur Ausrüstung

13) Mem. rer. gest. Alberti Radziwill ad a. 1646.
14) P. Linage de Vauciennes l'origine véritable du soulevement
des Cosaques etc. Paris, 1674.
15) Von 1590—1648 giebt es keine Hetmans der Ukraine, sondern nur königliche Commissare.

von 600 czajki (tragbare Kähne) und Tiepolo zahlte dem
neuen Kosakencommissare 20,000 Thlr. für sein Heer
aus. [16]) Die Kosaken, hoch erfreut über eine solche
Wendung ihrer Angelegenheiten, gingen mit Eifer auf die
Pläne des Königs ein, und ein neues Leben begann in
der Ukraine. Doch sollte die Freude von kurzer Dauer
sein. Die Verhandlungen waren bisher im Geheimen ge-
pflogen worden. Um bei den Türken keinen Verdacht
zu erregen, hatte es der König unterlassen, den Reichstag einzuberufen und eine offne Verhandlung seiner
Pläne sorgfältig vermieden. Er wollte ferner dadurch der
Umständlichkeit und Langwierigkeit der gesetzlichen
Formen aus dem Wege gehen. Deshalb auch hatte er
im Auslande Söldner, und zwar in der Zahl von 16,000
Mann, anwerben lassen, was nicht schwer fiel, da ja
gerade der dreissigjährige Krieg seinem Ende nahte und
einen Ueberfluss von Soldaten in Aussicht stellte.

Trotz dieser Vorsichtsmassregeln war das Gerücht
von den Zurüstungen zum Kriege allmälig laut geworden;
offenkundig vollends wurde der ganze Plan, als die ge-
mietheten Truppen in die Grenzen des Landes einzogen.
Jetzt wandte sich Alles an den König. Geistliche und
weltliche Senatoren beschworen ihn, das gute Einverneh-
men mit der Türkei nicht zu stören und Polen in keinen
Krieg zu verwickeln. Der kleine Adel erhob ein Geschrei
und beschuldigte den König, er beabsichtige gegen die
Freiheiten und Gerechtsame des Adelstandes einen Staats-
streich; Briefe wurden an ihn gerichtet und darin zur
Aufrechthaltung des Friedens und der Ordnung um Ent-
lassung des fremden Heeres und Einberufung des Reichstages nachgesucht. Die Nachricht, dass die Kosaken einen
Einfall in die Türkei gemacht hätten, verbreitete unter
den Polen einen grösseren Schreck als unter den Türken.
So sah sich denn der König, allerseits selbstsüchtiger

---

16) Relation des Tiepolo etc.

Absichten beschuldigt, genöthigt, vorläufig seine Pläne aufzugeben, und als nun der sechswöchentliche Reichstag im Oktober 1646 zusammenkam und sich auf das Bestimmteste gegen diesen Krieg entschied, blieb dem Könige nach Beschluss des Reichstages Nichts übrig, als das gemiethete Heer unverrichteter Sache wieder zu entlassen; der aufgebrachte Adel forderte stürmisch die Entfernung der fremdherrlichen Gesandten, welche den König zu diesem Schritte verleitet hatten und drang vorzüglich darauf, die Kosaken, die um eine getäuschte Hoffnung reicher waren, an ihren Raubzügen zu verhindern [17].) In seinem Vorhaben siegreich, liess der Adel den König und die ihm verbündeten Kosaken seinen Hass fühlen. Er wollte sich an den Letzteren für ihre Freiheitspläne rächen und erging sich in maasslosen Ueberschreitungen aller Gesetzlichkeiten. Vorzüglich musste Chmielnicki allerlei persönliche Unbilden und Beschimpfungen erdulden.

Während so der Adel alle Gefahr beseitigt zu haben glaubte, bedachte er nicht, dass eine neue dicht neben ihm aufstieg, bedachte er nicht, dass der König einen gereizten Riesen entfesselt und bewaffnet hatte, den er zwar gegen einen äussern Feind zu führen beabsichtigte, der aber Niemand gefährlicher werden konnte, als seinen bisherigen Bedrückern.

Zur vollständigen Würdigung der Lage gehen wir näher auf die drei Factoren ein, welche den Zustand der Kosaken zu einem verzweifelten machten und in politischer, religiöser und ökonomischer Beziehung einen unerträglichen Druck ausübten; die Bedrücker der Kosaken waren hauptsächlich: die Grossen, die Jesuiten und die Juden.

Abgesehen davon, dass die Kosaken, besonders die Saporoger, an und für sich thatendurstige Leute waren,

---

17) Handschr. der Warschauer Bibliothek Nr. 386. Miscellanea. Reden, Briefe etc. betreffend die polnische Geschichte während der Regierung der Waza.

2

und eben diesem Drange folgend, den friedlichen Heerd
verlassen hatten, um ein ungebundenes Kriegerleben zu
führen, so war die Bedrückung um so fühlbarer, als ein
grosser Theil der Kosaken, wie gesagt, polnische Edelleute waren, die früher frei und an der Staatsgewalt An-
theil nehmend, jetzt von den eignen Brüdern unterdrückt
wurden und aus freien Landsässigen zu Hörigen und
Leibeignen gemacht werden sollten. Als Hauptpunkt
aber ist hervorzuheben, dass der Adel die Kosaken deshalb nicht leiden konnte, weil ihre Nachbarschaft den
gemisshandelten Bauern ein verlockendes Beispiel gab,
das Joch der unerträglichen Knechtschaft abzuschütteln
und durch Flucht die Zahl der Kosaken zu verstärken,
wodurch natürlich die Einkünfte ihrer Herren geschmälert
wurden [18]).

Wenn die Verfassung von 1631 die Aufhebung aller
Kosakenprärogative ausgesprochen hatte und diese tapfe-
ren Vaterlandsvertheidiger als Bauern betrachtet wissen
wollte; wenn man den Kosaken 1632 verweigert hatte,
ihre Stimme bei der Wahl des Königs abzugeben [19]);
wenn man sie von den Land- und Reichstagen ausschloss,
weil sie keine Steuern zahlten, und sie mit Gewalt zu
Hörigen und Leibeignen herabdrücken wollte; wenn man
sie in ihren Gewohnheiteu und Rechten störte, ihren noth-
wendigsten Bedürfnissen nicht Genüge leistete, gethane
Versprechungen nicht hielt, treulos in jeder Hinsicht,
ihnen den versprochenen Lohn nicht auszahlte, und sie
dabei verhinderte, auf eigne Faust mit den Türken und
Tataren Krieg zu führen, der ihnen die nöthigen Sub-
sistenzmittel geliefert hätte, so sind das nicht blos
unverbesserliche Fehler, sondern gradezu Unmenschlich-
keiten, die eine Revolution heraufbeschwören mussten.

Neben den Magnaten thaten auch die Geistlichen
und die Jesuiten, die die griechischen Kirchen in unirte
verwandeln wollten, das Ihrige, um den Kosaken den

---

18) Hautville, relat. hist. chap. 5.
19) P. Piasecki: chronica gestorum p. 444.

Druck unerträglich zu machen[20]). Der Verfasser des
Werkes: „Die Kosaken in ihrer geschichtlichen Entwick-
lung" sagt:

„Die hohe Geistlichkeit suchte auf jede Weise das
Feuer der religiösen Unduldsamkeit zu schüren. Die
Magnaten der Ukraine suchten Alles hervor, um die Kosaken zu unterdrücken, ohne Achtung vor ihren Gesetzen.
Trat Noth ein, so wandte man sich wieder an die Kosaken, die wohlfeilsten Soldaten. Es fehlte durchaus
jene leitende Hand, die diese richtig geführt und
statt unterdrückender, heilende Maassregeln angewandt
hätte. Die Kosaken wurden dadurch der Fluch der Republik, der sie unheilbare Wunden schlugen, statt dass
sie nicht allein für diese, sondern für die ganze abend-
ländische Christenheit von wesentlichem Nutzen waren,
besonders in Beziehung auf die damals so mächtige Türkei. Das Feuer des Missmuths und des Hasses in den
Kosaken glimmte in der scheinbar erlangten Ruhe.
Durch religiöse Intoleranz zuerst hervorgerufen, wurde
dieser Hass durch materielle Interessen noch mehr an-
gefacht, eben dadurch, dass die ihnen von der Krone
gegebenen Vorgesetzten sie durch allerlei gesetzwidrige
und habsüchtige Mittel quälten."

Die dritte Klasse der Bedrücker waren die Juden, die
von den Kosaken als die Werkzeuge und bösen Rathgeber
der Magnaten bezeichnet wurden. Vorzüglich seit dem Jahre
1625 waren die Juden die Pächter aller Zölle, Mühlen, Ge-
wässer, ja sogar die Pächter der griechischen Kirchen, so
dass die Kosaken für Trauungen, Begräbnisse, Taufen, so-
wie für das blose Betreten des Gotteshauses an die Juden
Abgaben zu zahlen hatten; auch die niedere Gerichts-
barkeit über die Kosaken hatten sich die Juden unge-
setzlicher Weise angeeignet[21]). Gesteht es doch selbst

---

20) Grondski, pag. 33.
21) Grondski, pag. 32.

der Zasławer Jude Nathan Neta ein, dass über die Kosaken
die sonst von allen Völkern gedrückte Nation (die Juden)
geherrscht habe[22]). Die Kosaken trieben Handel, Ackerbau, hatten Meth-, Bier- und Branntweinbrennereien und
verkauften diese Getränke im Einzelnen, aber allmälig
wurde ihnen auch das genommen und zum Monopole
der Juden gemacht, die dafür an die Magnaten eine ge-
wisse Abgabe zahlten; ja, es kam vor, dass den Kosaken
auf Anstiften der Juden die Gebäude und Geräthschaften
zerstört wurden.

Erwägt man alle diese Bedrückungen, so konnte
jetzt unter Ladislaus IV., wo die Kosaken Geld und
Waffen in den Händen hatten und zahlreicher als sonst
einregistrirt waren, ein Aufstand kaum ausbleiben. Es
fehlte nur noch eine Persönlichkeit, die sich an die Spitze
des geknechteten Volkes stellte und zum Verfechter seiner Sache wurde. Dieser Mann fand sich in dem schon
oben erwähnten Bogdan Chmielnicki. Da seine Schick-
sale ein Bild von denen vieler Anderer geben, und
Chmielnicki so tief und nachhaltend in die Geschichte
der Kosaken eingreift, so scheint es gerechtfertigt, Etwas
über seine Vergangenheit, die mit den spätern Ereignis-
sen im engsten Zusammenhange steht, vorauszuschicken.

Chmielnicki war nicht, wie man fälschlich behauptet
hat, ein Ruthene, sondern der Sohn eines polnischen
Edelmanns von der Sippe der Habdanks, der mit der
Tochter eines Kosaken-Atamans verheirathet war und in
der Ukraine das kleine Gut·Sobutow besass.

Wenngleich er unter den Kosaken aufgewachsen
war, so hatte er doch eine sehr sorgfältige Erziehung
genossen und die Schulen der Jesuiten zu Kiew und Ja-
rosław mit grossem Erfolge besucht, ein Vorzug, der
ihm hauptsächlich zu seiner spätern Bedeutung verhalf[23]).

22) Jawen Mezula. Schilderung des polnisch-kosakischen Krieges und der Leiden der Juden in Polen während der Jahre 1648—
1653. Herausg. von Benjamin II. Hannover 1863. pag. 2.
23) Grondski pag.·40. Pastorius pag. 5. Kochowski pag. 20.

Der Vater unseres Chmielnicki fiel in der Schlacht bei Cęcora, wo Bogdan in die Gefangenschaft der Tataren gerieth[24]). Man behauptete daher später, vorzüglich wiederholten es seine Feinde, dass er während dieser Gefangenschaft Muselmann geworden und deshalb auch so bereitwillig von seinen Glaubensgenossen, den Türken und Tataren, unterstützt worden wäre[25]). Aus der Gefangenschaft zurückgekehrt, liess er sich auf seinem väterlichen Grundstücke nieder und wurde der Anführer einer Sotnia.

Hier erbat er sich von dem Hetman Koniecpolski ein Grundstück, auf dem er ein Vorwerk (słoboda) anlegte. ' Dieses Vorwerk suchte ihm im Jahre 1645 der Unterstarost Czaplinski streitig zu machen und entzog es ihm auch trotz der Berufung auf die von Koniecpolski gemachte Schenkung[26]). Czaplinski ging noch weiter; mit Verletzung der heiligsten Gefühle entriss er Chmielnicki die Gattin unter den höhnenden Worten: er solle sich nach einer andern hübschen Frau umsehen[27]), und liess seinen zehnjährigen Sohn Timotheus auf offnem Markte stäupen. Als Chmielnicki darauf in Warschau, wohin er, wie wir gesehen haben, auf den Ruf des Königs gekommen war, diesem das ihm widerfahrne Unrecht vortrug, soll er von Ladislaus zur Selbsthülfe aufgefordert worden sein[28]).

Der König führte wohl damals eine solche Sprache, um einerseits den Chmielnicki für sich zu gewinnen, andrerseits weil er wusste, dass die königliche Fürsprache Chmielnicki wenig geholfen haben würde.

Als Chmielnicki einsah, dass er von Czaplinski das Aeusserste zu fürchten hatte, wie ein offner Ueberfall be-

---

24) Kochowski: Annales poloniae etc. Krakau 1683. Climac. I. lib. I. pag. 20.
25) Collectanea von Sekowski p. 200 u. ff.
26) Grondski pag. 42 u. ff.
27) Grondski pag. 46.
28) Verzeichniss der dem Chmielnicki und den Saporogern zugefügten Ungerechtigkeiten etc. vom Jahre 1647 in pamjatniki izdannyje wremjennoju Kommissijeju. Kiew 1848.

weist, wobei er sicherlich ermordet worden·wäre, wenn ihm nicht Helm und Panzer Haupt und Brust geschützt hätten, als er schliesslich angeklagt wurde, den Saporogern Kanonen verschafft zu haben, und sich deshalb mit Gefängniss bedroht sah, blieb ihm nichts Anderes übrig, als mit einigen erprobten Gesinnungsgenossen auf die Sicz zu flüchten[29]). Zuvor aber wusste er sich der königlichen Papiere, die Barbaraszenko, der vom Könige designirte, polenfreundliche Commissar, besass, mit List zu bemächtigen. Dies geschah am 7. Dec. des Jahres 1647[30]). Bei seiner Ankunft war die Zahl der Saporoger, Dank den Bemühungen der Polen, eine sehr geringe.

Chmielnicki wusste es so einzurichten, dass er zum Ataman gewählt wurde, wozu ihn seine Fähigkeiten, sein Muth, seine Kriegstüchtigkeit, die höhere Bildung und die Beziehungen zu den polnischen Magnaten geeignet machten, und in Folge dessen mehrte sich die Zahl der Unzufriedenen auf der Sicz.

Bis dahin hatte Chmielnicki nur seine Privatsache betrieben, und noch am 9. Jan. 1648 an den Kronhetman Potocki geschrieben und ihn um Wahrung der ihm persönlich verliehenen Freibriefe gebeten; als aber die abschlägliche Antwort anlangte, hatte Chmielnicki schon längst mit den Kosaken gemeinschaftliche Sache gemacht und sie zum Kampfe gegen das Vaterland vorbereitet. Chmielnicki war zu dem festen Entschlusse gekommen, fortan nicht mehr blos die eigne, sondern auch die gerechte Sache des ganzen unterdrückten Volkes zu führen, und erliess in der Voraussetzung, dass sein·Name eine bedeutende Anziehungskraft ausüben würde, einen Aufruf an die Kosaken der Ukraine. Er hatte sich nicht getäuscht. Ganze Schaaren von Flüchtlingen sammelten sich um ihn und die Sicz vergrösserte sich mit jedem Tage. Die Anfangs kleine Zahl von fünfhundert Sapo-

---

29) Grondski pag. 46.
30) Annales de la Petite-Russie etc. par J. B. Scherer, Tom. II. pag. 24.

rogern, die Chmielnicki auf den Inseln des Dniepr an-
getroffen hatte, wurde der Kern des Aufstandes nicht·
nur der registrirten Kosaken, sondern überhaupt· der
ganzen Ukraine. ·

Um den Flüchtigen den Zutritt zu den Saporogischen
Lagern noch zu erleichtern, überfiel Chmielnicki Toma-
kówka, wo die Korsunische Heeresabtheilung der registrirten Kosaken lag, welche bestimmt war, das Ausziehen des Volkes auf die Dnieprinseln zu verhindern
und nahm ihnen diese Stellung ohne viele Mühe; zumal
da die registrirten Kosaken, nachdem sie die ihnen von
der Republik als starszyzna gesetzten Polen ermordet
hatten, zum grössten Theile ins Lager des Chmielnicki
übergingen und so seine Streitkräfte vermehrten. Nun
veröffentlichte Chmielnicki, um das Volk für sich zu gewinnen, das dem Barabaszenko durch List abgenommene
und für die Kosaken günstig lautende königliche Handschreiben. Reger wurde jedoch erst die Betheiligung der
ganzen Bevölkerung der Ukraine, die, durch früheren
Schaden belehrt, den Gang der Ereignisse noch abwarten
wollte, als Chmielnicki ein förmliches Bündniss mit
den Tataren abschloss und die Kenntniss davon sich
unter dem Volke verbreitete. Diese Theilnahme mani-
festirte sich zunächst durch immer lauter und kühner
werdende. Klagen über die fortgesetzte Unterdrückung
und durch eine drohendere Stellung des gemeinen Volks
ihren Herren und den Pächtern der Krongüter gegenüber[31]).
Das Bündniss mit den Tataren, das schon 1645 angebahnt, damals aber deshalb unterblieben war, weil Ladislaus IV. die Kosaken in seine Pläne zog, war jetzt
um so leichter zu Stande gekommen, als den Tataren
der von der Republik jährlich in der Form von Ge-
schenken zu zahlende Tribut bei Gelegenheit der Kriegs-
rüstungen des Königs gegen die Türken nicht geleistet
worden war. Der Tatarenkhan Islam Girej, mit dem

31) Brief des Nikolaus Potocki an Ladislaus IV. in pamjatniki
izdannyje wremjennoju Kommissijeju. Kiew 1848. u. Grondski pag. 52.

Chmielnicki überdies seit seiner Gefangenschaft persönlich bekannt und befreundet war, versprach ihm vorläufig
30,000 Mann zur Hülfe zu schicken und machte ihm
Aussicht auf eine noch grössere Anzahl von Truppen.

Chmielnickis eigne Streitkräfte beliefen sich jetzt
schon auf 20,000 Mann [32]).

Auf die Nachricht von der Erhebung der Saporoger
rückte der Kronhetman Potocki in die Ukraine ein, um
den Aufstand im Keime zu ersticken. Er will, ehe er
handelnd eingriff, an Chmielnicki einen Brief gerichtet
haben, worin er ihn unter Zusicherung völliger Gnade
aufgefordert habe, die Sicz zu verlassen.

Chmielnicki stellte zu der Zeit folgende drei Punkte
als Hauptbedingungen für den friedlichen Ausgang des
Conflictes auf:

1) Der Hetman verlässt mit seinem Heere sofort
die Ukraine.

2) Die polnischen Befehlshaber der registrirten Kosaken werden entlassen. [33])

3) Die Bestimmungen der verschiedenen Constitutionen, welche die Freiheit der Kosaken beschränken,
sind aufzuheben und die früheren königlichen Gerechtsame herzustellen. [34])

Der Kronhetman Potocki, der darauf nicht einging,
kannte damals noch nicht die ganze Grösse der Gefahr.
Da er glaubte, es nur mit einer kleinen Schaar Rebellen
zu thun zu haben, theilte er unkluger Weise seine Armee und schickte seinen Sohn Stephan mit nur 6000
Mann, worunter die grössere Hälfte registrirte Kosaken
waren, den Aufständischen entgegen. Dazu kam noch,
dass die Wahl des Schlachtfeldes eine ganz unglückliche
war, insofern, als die Gegend dem polnischen Heere in
keiner Weise Schutz beim Rückzuge gewährte.

---

32) pamiętniki Jemiołowskiego etc. herausgegeben von Bielowski.
Lemberg 1850. pag. 3.
33) Brief aus Bar vom 2. Apr. 1648 von Miaskowski in den
pamjatniki etc.
34) Brief des Nikolaus Potocki etc. (siehe oben).

Bei Zólte wody kam es am 15. April 1648 zwischen beiden Heeren zum Zusammenstoss. Eine gänzliche Niederlage der Polen war der Ausgang des Kampfes, die hier wiederum dadurch beschleunigt wurde, dass die registrirten Kosaken, nachdem sie ihre polnischen Befehlshaber getödtet hatten, zu Chmielnicki übergingen und dass die Dragoner, die aus ruthenischen, nur in deutsche Tracht gesteckten Bauern bestanden, ihrem Beispiele folgten.[35]) Ausserdem stiess noch an demselben Tage Tohaj Bej, vom Tatarenkhane geschickt, während der Schlacht mit den versprochenen Truppen zu Chmielnickis Heere. Der Anführer der Polen, der junge Potocki, fiel in der Schlacht, der Kosakencommissar Szemberg gerieth in die Gefangenschaft und 16 Kanonen blieben in den Händen des Siegers, eine Beute, die einem fühlbaren Mangel in Chmielnickis Heere abhalf.

Als am 2. Mai den beiden Hetmans (dem Gross- und Feldhetman), die ihr Lager bei Korsuń aufgeschlagen hatten, die Nachricht von dieser Niederlage überbracht wurde, schenkten sie Anfangs dieser Botschaft gar keinen Glauben, weil sie einen ungünstigen Ausgang für beinahe unmöglich gehalten hatten, und versäumten in Folge dessen die Vereinigung mit der Heeresabtheilung des Fürsten J. Wiśniowiecki, der sich bei Łubny lagerte, nachdem er zuvor jenseits des Dniepr Streifzüge gemacht hatte.

Diese Saumseligkeit und Sorglosigkeit sollte bald traurige Folgen nach sich ziehen, denn kurz darauf wurde die Annäherung des mit den Tataren vereinigten Chmielnicki gemeldet, der, durch seinen Erfolg ermuthigt, rasch vorrückte. Die Polen, deren Streitmacht nur 8000 Mann, deren Tross aber das Vierfache dieser Zahl betrug, wollten sich nun, da sie die Uebermacht des Feindes erkannten, in geschlossner Wagenburg (tabor) von Korsuń zurückziehen, wurden aber von den im Lager

---

35) Grondski pag. 59.

befindlichen Ukrainern in einen von Chmielnicki gelegten Hinterhalt geführt und erlitten am 26. Mai eine zweite vollständige Niederlage, bei der zum dritten Male der Fall vorkommt, dass die registrirten Kosaken, diesmal 1800 Mann zählend, von den Polen abfallen und so Chmielnickis Sieg erleichtern. Beide Hetmans und mit ihnen viele Magnaten geriethen in die Gefangenschaft der Tataren, die sich durch hohe Lösegelder und durch die gemachte Beute für die geleistete ·Hülfe entschädigten. Nach diesem Siege kehrten die Tataren, die überhaupt nie von politischem Interesse geleitet wurden, sondern deren Sinn stets nur auf Beute gerichtet war [36]) und die darum auch niemals als dauernde Verbündete angesehen werden konnten, nach Hause zurück und machten dabei Plünderungsstreifzüge durch das Land. Chmielnicki aber zog mit seinem Heere vor Biała Cerkiew, wo er ein Lager aufschlug. Auf dem Zuge dahin wurde er vom Volke mit Jubel als Retter begrüsst; die Städte öffneten ihm freiwillig ihre Thore, sein Heer vermehrte sich lawinenartig, denn Chmielnicki erzeigte sich überall, wohin er kam, dem Volke gegenüber theilnehmend und menschenfreundlich; nur die Edelleute und Juden, diese Unterdrücker des Volks, fanden beim Sieger kein Erbarmen. [37]) Wer von ihnen darum fliehen konnte, floh nach den Weichselgegenden. Damals war es, wo in Folge dieses Aufstandes eine Menge Juden nach Deutschland kamen.

Die Kosaken übten an ihren Feinden in der Ukraine keine Schonung, sie rächten sich unnachsichtlich an den polnischen Edelleuten, von denen sie mehr geknechtet

---

36) Joachimus Pastorius: historia belli Scythico-Cosacici. lib. I. p. 9. Eos (sc. Tataros) Chmielnicius blanda spe praedae in societatem armorum et foedus pertrahit.
37) Wie schonungslos die Kosaken mit den Juden verfuhren, zeigen die von jüdischen Verfassern herstammenden Berichte: 1) das fliegende Blatt des Saffati Ben Mëir Kohen übersetzt von Dr. F. Fürst in Jordan's slawischen Jahrbüchern 1843 pag. 102 u. ff. 2) Nathan Neta: Jawen Mezula etc. s. oben.

worden waren, als die Bauern der Krone und Lithauens.[39])

Nach diesen Errungenschaften schickte Chmielnicki
am 2. Juni von Biała Cerkiew aus Boten an den König,
die denselben von der Ursache des Aufstandes der Kosaken in Kenntniss setzen und über die ihnen von den
polnischen Edelleuten zugefügten Ungerechtigkeiten Be-
schwerde führen sollten. Desgleichen ging am 13. Juni
an Kisiel, den Wojewoden von Bracław, ein Schreiben ab[40]),
worin er sich über die ihm persönlich angethanen Ungerechtigkeiten beklagt, ihm anzeigt, dass er die Tataren
fortgeschickt habe und ihn um Fürsprache bei dem Könige und den Ständen ersucht für die ohne Wissen und
Willen des Königs bedrängten Kosaken, die zur Ver-
zweiflung gebracht und nirgends Gerechtigkeit findend,
auf den Dnieprinseln Schutz gesucht, da sie aber auch
dort von den Hetmans und vorzüglich von Wiśniowiecki
nicht in Ruhe gelassen worden wären, sich in die Noth-
wendigkeit versetzt gesehen hätten, die Tataren zur Hülfe
zu rufen, um sich ihrer Haut zu wehren. Die von den
Gesandten des Chmielnicki dem Könige vorzutragenden
Beschwerden lauteten aber dahin, dass die polnischen
Edelleute und die Pächter der grundherrschaftlichen Einkünfte freie Leute, wie die Kosaken doch seien, um Hab
und Gut zu bringen, ja zu Leibeignen zu machen suchten, und ärger behandelten als Sklaven; dass sie will-
kürlich den Zehnten von Bienenzucht, Ackerbau, Fisch-
fang und Jagd nähmen, wobei ihnen die gesetzten Befehlshaber, deren Aufgabe es sei, sie (die Kosaken) zu
schützen, beiständen und Kleinigkeiten mit Arrest und
Sklaverei bestraften, wenn der Straffällige nicht im Stande
wäre, Geldstrafen zu zahlen; dass ferner den registrirten
Kosaken der Sold schon seit fünf Jahren vorenthalten
worden sei. Zugleich wird der König um Erhöhung des

·39) Brief des Adam Kisiel an den Primas Lubienski v. 31. Mai
1648 in pamjatniki etc.
40) ebendaselbst u. bei Rudawski I. c. 3. pag. 9.

Registers auf 12,000 Mann gebeten, womit Chmielnicki
eine umfangreichere Befreiung der Bauern und Vermehrung der Kosaken überhaupt bezweckte, und dabei daran
erinnert, dass er selbst die Kosaken zu einem Seeunter-
nehmen aufgefordert, sie mit Geld unterstützt und die
Verdopplung der Saporoger bestimmt habe, wozu aber
nun die eingesetzte starszyzna die Erlaubniss nicht gäbe.

Hieran schliesst sich die Bitte um Zurückgabe der
ursprünglich griechischen Kirchen, die gewaltsam für den
katholischen Ritus in Besitz genommen worden seien,
desgleichen die um Einsetzung griechischer Geistlicher
und als Letztes die Bitte um Erneuerung der von den
verschiedenen Königen gewährten Freiheiten und Gerechtsame.

Das Gebahren Chmielnickis, trotzdem er als Sieger
in zwei Schlachten einen ganz andern Ton hätte an-
schlagen können, ist durchweg demüthig und unterthänig,
wie in gleicher Weise ein Brief aus derselben Zeit an
Czerny dieselben Gefühle für den König ausspricht [42]).

Auch der Tatarenkhan Islam Girej sprach, und
zwar in einem am 12. Juni an den König Ladislaus IV.
gesendeten Briefe, in welchem er nach dem Siege von
Korsuń den seit vier Jahren rückständigen Tribut verlangte, den Wunsch aus, der König möge der Stimme
der Billigkeit Gehör schenken und den Kosaken die
ihnen zugesagten Freiheiten gewähren. Dieser Brief
wurde auf dem Reichstage in Warschau vorgelesen,
brachte aber keine Aenderung der Anschauungen hervor [43]).

Als Chmielnicki die Boten zum König sandte, wusste
er noch nicht, dass derselbe am 20. Mai zu Merecz in
Lithauen gestorben war. Seine Gesandten trafen gerade
ein, als sich der Convocationsreichstag, der während des

41) Rudawski: lib. I. c. IV. pag. 16. verglichen mit: gravamina
i instrukcye etc. in pamiatniki etc.
42) pamiatniki: Brief des Chmielnicki m. Jun.
43) pamjatniki etc. Bei Rudawski I, 4, pag. 16 ist dieser Brief
als der des Tohaj Bej angeführt.

Interregnums vom Primas Matthias Łubieński auf den
16. Juni berufen worden war, mit der Frage beschäftigte,
wie dem Aufstande der Kosaken zu steuern sei.

Die Meinung der Berathenden war gespalten. Die eine
Partei, an deren Spitze der Grosskanzler Ossolinski und
der Wojewode Kisiel standen, rieth zur Versöhnlichkeit
und warnte vor gewaltsamen Maassregeln gegen die Kosaken. Die andere Partei wollte Nichts davon wissen. Sie
predigte einen Ausrottungskrieg gegen die aufständischen
Bauern, wie die Kosaken durchweg bezeichnet wurden,
und verlangte die Züchtigung Chmielnickis, als eines gemeinen Rebellen. Es war dies die Partei, die durch den
grössten Theil des Adels vertreten war und als deren
Hauptrepräsentant der Fürst Wiśniowiecki dastand, der im
Grunde genommen die Hauptschuld an allen den Schreck-
nissen der Anarchie, Volkswuth und Grausamkeit und
den mannigfaltigen Greuelscenen trägt, die in diesem
Aufstande auf beiden Seiten verübt worden sind.

Wenn sich auf dem Reichstage einzelne Stimmen
unter dem kleinen Adel hören liessen, welche verlangten,
dass man den Kosaken Erlaubniss gebe, ihre Register
zu vermehren, ihnen gestatte, sich zur griechischen Kirche
zu bekennen, dass man ihre Gerechtsame durch Constitutionen bekräftige und ihnen, sofern sie noch ohne
Grund und Boden wären, kleine Besitzungen zuertheile,
indem sie dabei auf das Beispiel des Königs Stephan
Batory hinwiesen, der auf diese Weise mit einem Schlage
und ohne Blutvergiessen die Kosaken für sich gewonnen
hätte, so standen diese besonnenen Männer so vereinzelt
da, dass sie Nichts auszurichten im Stande waren gegen
die grosse Majorität, die einen Vernichtungskrieg wollte[44]).

Schliesslich kam es zu einer ziemlich lahmen Politik;
man wollte auf eine widersinnige Weise die Kosakenange-
legenheiten beilegen, indem man die von Wiśniowiecki ange-

---

44) Manuscript der Warschauer Bibliothek Nr. 366. Hist.
Miscellanea. (s. oben.)

rathene Politik mit den Mitteln des Kisiel und Ossolinski
durchzuführen gedachte, anstatt entweder ganz energisch
aufzutreten, wozu es aber ebensowohl an Truppen als
an Geld mangelte, oder, was das Einfachere war, ihnen,
auf ihre gerechte Forderungen eingehend, Zugeständnisse
zu machen.

Auch die Nachricht des Kisiel aus Huszcza[45]), dass
Chmielnicki ein Herr von 70,000 Mann habe, stimmte die
Meinung der Kriegspartei nicht um. Man suchte vor
Allem die Verbündeten von Chmielnicki abzuziehen. Die
versammelten Senatoren richteten daher an den Sultan
ein Schreiben und baten ihn, den Tataren das Bündniss
mit den Saporogern zu untersagen; den Tatarenkhan
vertrösteten sie mit seinen Tributforderungen auf spätere
Zeiten, und auf sein Ansinnen in Betreff der Kosaken
gab man ihm zur Antwort, dass, sobald sie sich ge-
demüthigt hätten, sie vom künftigen Könige auf Fürbitte
der Stände Verzeihung erhalten sollten[46]).

Unterdess langte ein zweiter noch an den König ge-
richteter Brief von Chmielnicki aus Biała Cerkiew[47]), da-
tirt vom 2. Juli an.

Chmielnicki bringt in demselben nochmals seine
Klagen über die seit Jahren verübten Unterdrückungen
vor und sagt unter Anderem, die eingesetzten Befehlshaber der Kosaken, die dieselben vor Ungerechtigkeiten
schützen sollten, seien die Diener, Freunde, ja Mithelfer
der Grossen; das Loos der Christen in türkischer Gefangenschaft sei erträglicher als das der Kosaken; wenn
sie um Erleichterung gefleht und sich dabei auf den
König berufen hätten, so sei dessen sogar gespottet
worden, denn man habe ihnen geantwortet: „Hilft Euch
der König, Ihr Schurken?" Um der Verfolgung auszu-
weichen, seien Viele, ihr Hab und Gut im Stiche lassend,

---

45) pamjatniki: Brief v. 15. Jun.
46) Brief d. Primas an Islam Girej v. 8. Jul. in pamjatniki etc.
47) pamjatniki etc. Von ähnlichem Wortlaut ist dieser Brief bei
V. Kochowski: Climac. I. lib. I. p. 42.

zu den Porogen geflohen, aber auch dort nicht in Ruhe gelassen worden; denn die polnischen Grossen hielten die Kosaken nicht für des Königs Unterthanen, sondern für ihre Sklaven; der Hetman sei ohne des Königs Erlaubniss mit seinem Heere gegen die Saporoger gezogen und habe die Ukraine aufs Schrecklichste verwüstet.

Chmielnicki fährt dann fort: „Es liegt nicht im Mindesten in unserm Sinne, uns der Gnade Ew. Majestät zu begeben; nur weil die polnischen Magnaten ohne Wissen und Willen Ew. Majestät gegen uns gezogen sind, waren wir genöthigt, zur Wehr die Tataren herbeizurufen. Wie früher, so wollen wir stets treue Unterthanen Ew. Majestät sein; unverbrüchlich wollen wir der Republik dienen gegen jeglichen Feind und bereitwilligst dem Rufe Ew. Majestät Folge leisten. Die Tatarenhorde soll für künftig ins Reich Ew. Majestät nicht mehr einfallen. Nur bitten wir, dass dies unser Vergehen verziehen und uns die früheren Rechte wieder gewährt werden, damit wir keine solche Knechtschaft mehr zu erdulden haben."

Unterschrieben ist dieser Brief von Chmielnicki, noch nicht als Hetman, sondern als „zur Zeit Aeltester des Saporogischen Heeres". Er legt am deutlichsten die Tendenz des Aufstandes dar, der nicht das Abreissen der Ukraine von Polen, nicht den Abfall der Kosaken zum Zwecke hat, sondern die Beseitigung der für die Kosaken so ungünstig lautenden Bestimmungen der Constitutionen, Erlangung einer gewissen Gleichstellung der Kosaken mit dem Adel, Freiheit der griechischen Kirche und Gewährung der verbrieften Rechte.

Auf die von den Kosaken vorgetragenen Beschwerden erhielt jetzt Chmielnicki durch die Commissare, welche vom Reichstage ad hoc bestellt waren, folgende Forderungen zur Antwort:

Die Kosaken sollten

1. alle Polen, die sie zu Gefangenen gemacht, freilassen;
2. die Kriegsbeute wieder ausliefern;

3. das Bündniss mit den Tataren aufgeben und mit einem Eide der Treue versprechen, dass sie künftig kein Bündniss mehr mit denselben eingehen würden; sie sollten

4. die Grenzwache übernehmen, aber nur mit Erlaubniss der Republik Streifzüge in das Tatarenland ausführen;

5. nie die Festung Kudak mit ihren Truppen besetzen;

6. die Anführer des Aufstandes ausliefern, damit einige derselben exemplarisch bestraft, die anderen aber in Warschau festgehalten würden, und

7. den Gesandten die königlichen Briefe, die in ihren Händen seien, ausliefern.

Was den Sold anbelange, sagte das Schreiben, so sei derselbe vor dem Aufstande ausgezahlt worden; wenn er verloren gegangen sei, trage der Staat keine Schuld daran [48]).

Wenn man die Streitkräfte berücksichtigt, über welche Chmielnicki gebot, wenn man bedenkt, wie maassvoll er sich in seinen Forderungen gehalten, wie unterwürfig er sich in seinen Briefen gegen den König gezeigt hatte, wenn man andrerseits die missliche Lage der Republik nach zwei grossen Niederlagen bei geleertem Staatsschatz bedenkt: so muss man diese Forderungen, in denen sich die Polen wie Sieger gebehrdeten, für ebenso unpolitisch und herausfordernd, als unbillig und maasslos, um nicht zu sagen unsinnig, ansehen.

Glaubte man auf diese Weise die Aufständischen einschüchtern und die ganze Sache ohne Blutvergiessen beilegen zu können, so hatte man sich freilich stark geirrt.

Entschieden unklug war es, die Auslieferung des Chmielnicki zu verlangen und von exemplarischer Bestrafung zu sprechen, denn dadurch konnte sich ja Chmielnicki, um das eigne Leben zu retten, leicht ge-

---

48) Rudawski: líb. I. c. IV. p. 17.

nötbigt sehen, allen gütlichen Vergleichungen selbst Hindernisse in den Weg zu legen und die Kosaken durch glänzende Aussichten nach seinem Willen zu bestimmen, besonders wenn er das Loos der früher ausgelieferten Kosakenanführer bedachte, die trotz des Versprechens, sie, nicht am Leben zu strafen, durch Schwert oder Pfahl den Tod gefunden hatten.

Chmielnicki, während dieser Zeit vom Tode des Königs durch Kisiel benachrichtigt, und von ihm ersucht, das Vaterland nicht in noch grössere Wirren zu stürzen[49]), verhielt sich ruhig in seinem Lager bei Biała Cerkiew, wiewohl ihm der Weg bis ins Herz des Landes offen stand, und zeigte dadurch am schlagendsten, dass es ihm nur um Wahrung der Rechte und Privilegien der Kosaken zu thun war und nicht um Trennung der Ukraine von der Republik und die Gründung eines Sonderstaates, welcher Absicht man ihn beschuldigt hat.

Der Convocationsreichstag brachte indessen nur so viel zu Stande, dass er das Geld für 2200 Mann Soldtruppen und die Einberufung des allgemeinen Aufgebots ins Lager von Konstantynow genehmigte[50]).

Wiśniowiecki aber, der unerbittliche Feind der Kosaken und Nichtunirten, der selbst erst zur Union übergegangen war, hatte seinem Verfolgungseifer keinen Einhalt thun können. Mit 4000 Mann seiner eignen Truppen und eben so viel von andern Magnaten gestellten, zieht er, unbekümmert um die Verhandlungen des Reichstages, in die Ukraine, macht dort Streifzüge, ermordet schonungslos die aufständischen Bauern und Kosaken, nimmt im Sturme die eigne Stadt Niemirow, deren Bewohner sich aufgelehnt haben und metzelt Alles nieder, was in seine Hände fällt.

Damit war der Waffenstillstand gebrochen, der wäh-

49) Joachim Pastorius: Bellum Scythico-Cosacicum etc. Dantisci 1652. lib. I. p. 21—23. und Grondski pag. 67.
50) pamjatniki. Brief des Bischofs von Posen an den Primas vom 15. Juni.

rend der Verhandlungen statthaben sollte. Chmielnicki, seinem Worte getreu, blieb in seinem Standquartiere, schickte aber den Assauł Krzywonos nach Volhynien und Podolien, um den Streifzügen des Wiśniowiecki ein Gegengewicht zu bieten, wobei er gegen den Willen des Chmielnicki. die Städte Ostrog, Alt-Konstantynow, Bar und Połonna zerstörte und seine Kosaken Alle mordeten, die es nicht mit ihnen hielten.

Wiśniowiecki that diesem Treiben des Krzywonos erst Einhalt, als es ihm gelang, den grössten Theil dieses Corps bei Zwiahel aufzuheben.

Die Lage der Bewohner des Landes wurde durch diesen Sieg wenig verbessert; denn hatte Krzywonos die Katholiken gemordet, so that jetzt Wiśniowiecki ein Gleiches an den Schismatikern. Die Folge dieser neuen Greuelthaten war die, dass sich die Bauern zusammenrotteten und ganz unabhängig von Chmielnicki gegen die Polen Krieg führten.

Ihre Sache ist mit der der Kosaken durchaus nicht zusammenzuwerfen, da Letztere die oben angegebenen Ziele verfolgten, und sich dabei nicht um die Bauern kümmerten, die allerdings auch nach Erlangung gewisser Freiheiten strebten.

Die Verhandlungen, welche durch die vom Reichstage entsendeten Vermittler geführt werden sollten, konnten unter solchen Umständen nicht gedeihen, zumal nun die polnischen Truppen in Konstantynow einrückten, um die Feindseligkeiten gegen die Kosaken fortzusetzen.

Kisiel, der der griechischen Confession angehörte und der von den besten Absichten beseelt war, die Republik aus der drohenden Gefahr zu erretten, dafür aber geheimer Verbindung mit den Kosaken beschuldigt wurde, bat vergebens, man solle die Feindseligkeiten einstellen und den Chmielnicki nicht reizen, da er ja geneigt sei, zu unterhandeln; vergebens war die Erklärung, dass Chmielnicki die Urheber der Greuelscenen für ihre Gewaltthätigkeit bestraft und die gefangenen Polen in Freiheit gesetzt habe, um Alles zu thun, was zu einem friedlichen Ausgange des ganzen Handels führen könne[51]). Chmielnicki, an der Aufrichtigkeit der friedlichen Absichten des polnischen Adels verzweifelnd, sah sich gezwungen, den Krieg fortzusetzen und' die Tataren wieder zurückzurufen[52]).

Er gebot damals über ein Heer von 180,000 Kosaken[53]), das noch durch 30,000 Tataren, die unter Tohaj Bej's Anführung am dritten Tage der Affaire von Piławce eintrafen, verstärkt wurde.

Sorglos und siegesgewiss zog das polnische Heer, das sich auf 40,000 Mann streitbarer Truppen und einen Tross von 200,000 belief[54]), vorwärts. Es stand für die Dauer der Abwesenheit und Gefangenschaft der Hetmans unter der Leitung von drei sogenannten Regimentaren, d. h. Stellvertretern der Hetmans.

Diese Regimentare aber waren Nichts weniger, als gute Feldherren[55]). Die Polen selbst legten ihnen Spottnamen bei und nannten den verweichlichten Fürsten von Ostrog „pierzyna" (Bettdecke), den jugendlichen Koniecpolski „dziecina" (Kind) und den gelehrten Ostrorog „Łacina" (Latein).

Wiśniowiecki war bei der Vertheilung dieser Aemter übergangen worden und hielt sich, deshalb gekränkt, dem Unternehmen fern. Die Heere beider kriegführenden Parteien stiessen bei Piławce zusammen, ohne dass es zu einem ernstlichen Kampfe gekommen wäre. Da begann nach mehrtägigen Scharmützeln plötzlich der Rückzug der Polen aus ihrem verschanzten Lager, der in einer allgemeinen Flucht endete, der schmählichsten, die die ganze polnische Geschichte aufzuweisen hat. Uneinigkeit der Feldherren war die Hauptursache dieser schimpflichen Flucht, die durch die Nachricht von der Ankunft

---

51) Brief des Kisiel vom 16. Aug. in pamjatniki etc.
52) Brief d. Chmielnicki an die Kommissare v. 19. Aug. in d. pamjatniki etc.
53) Brief des Kisiel an Ossolinski v. 22. Aug. in pamjatniki etc.
54) Rudawski: lib. I. cap. 5. p. 23.
55) Grondski pag. 71.

der Tatarenhorden zum Ausbruche kam. Dies geschah am 25. September. Das ganze Lager mit allen Vorräthen fiel in die Hände der Kosaken und Tataren.

Chmielnicki ging auch diesmal nicht weiter ins Land hinein; eines Theils wollte er den Electionsreichstag, der auf den 24. Oct. zusammenberufen worden war, nicht stören, immer noch hoffend, dass, wenn ein neuer König gewählt sein würde, dieser die Rechte der Kosaken wahren werde, anderntheils wollte er den Tataren keine Gelegenheit geben, beim Vordringen die Greuel fortzusetzen, deren sein Vaterland schon genug gesehen hatte. Er zog sich vielmehr zurück und setzte der Spur des Wiśniowiecki nach, welcher auch nach dem allgemeinen Entsetzen, das die Niederlage von Piławce verursachte, in seiner Unbeugsamkeit und Erbitterung gegen die Kosaken fortfuhr, die Ukraine zu verwüsten [56]).

Am 6. Oct. erschien Chmielnicki vor den Mauern der Stadt Lemberg, wohin er bei der Verfolgung des Wiśniowiecki gelangt war und erhob von ihren Einwohnern eine Contribution von 200,000 Fl., welche Summe er zur Befriedigung der Tataren verwandte. Von Lemberg am 6. desselben Monats aufbrechend, schlug er, immer Wiśniowiecki nachziehend, die Richtung nach Zamość ein, und traf hier in den ersten Tagen des November ein. Auch hier liess er sich 20,000 Fl. Contribution für die Tataren erlegen [57]). Von hier aus schickte er am 15. Nov. den Kanonicus Andreas Mokrski mit einem Briefe an die zum Electionsreichstage in Warschau versammelten Senatoren ab. Er spricht darin sein Bedauern über den Bruderkrieg aus, und beschuldigt Wiśniowiecki und Koniecpolski, ihn dadurch hervorgerufen zu haben, dass sie die Saporoger in ihrem Lande jenseits des Dniepr bekriegt, ihnen Hab und

---

56) Copie d. Briefes d. Chmielnicki an die Senatoren v. 15. Nov. Manuscript d. Warschauer Bibliothek Nr. 518. Histor. Miscellanea. 1629—1649.

57) Grondski pag. 91.

Gut entrissen und die Kosaken gepfählt oder in die Gefangenschaft geführt hätten. Er beklagt sich darin ferner
über die zweideutige Politik des Adels. Derselbe
habe nämlich, während den Kosaken eine friedliche
Lösung ihrer Sache versprochen, ja bereits in den von
den Kosaken sehnlichst erwünschten Verhandlungen durch
die Commissare angebahnt worden sei, das polnische
Heer gegen sie geführt und dadurch die Feindseligkeiten
von Neuem eröffnet[58]). Mit dem Versprechen, dass
er mit seinen Kosaken der Republik treu dienen wolle,
bittet er zum Schlusse um die Bestrafung der beiden
Männer, die die Urheber alles Uebels seien.

Darauf antwortete die Republik mit der Wahl des
Wiśniowiecki zum Befehlshaber des polnischen Heeres.

Andrerseits erlebte Chmielnicki die Freude, dass am
17. Nov. Johann Casimir, für dessen Wahl er sich, dem
von Wiśniowiecki aufgestellten Throncandidaten gegenüber, erklärt hatte, als neu erwählter König proclamirt
wurde. Ein königlicher Gesandter, Stanislaus Chołda-
kowski, überbrachte die Botschaft von der erfolgten
Wahl dem Chmielnicki, der auf diese Nachricht hin
Freudenschüsse abfeuern liess.

Ihm folgte bald ein zweiter Gesandter des Königs,
Namens Smarzewski, der die Antwort auf den Brief des
Chmielnicki[59]) und zugleich für ihn den Hetmansstab und
für die Kosaken die neue Fahne brachte, womit jeder
neu gewählte König die Kosaken zu beschenken pflegte.

Chmielnicki küsste vor Freuden das königliche
Handschreiben, und erklärte in öffentlicher Versamm-
lung: „Wie meine Väter dem Könige stets treu gedient,
und ihr Blut für ihn an der Grenze vergossen haben,
so will auch ich mit den Rittern, die hier an meiner

---

58) Brief d. Chmielnicki etc. Manuscr. der Warschauer Bibl.
Nr. 518 (siehe oben).
59) Rel. des Smarzewski. Handschrift der Warschauer Bibl.
Nr. 518. hist. Miscellanea. 1629—1649.

Seite sind, dem Könige und der Republik unverbrüchlich treu dienen!"

.Doch erregte in der starszyzna der Umstand Misstrauen, dass der königliche Brief nicht das polnische, sondern das schwedische Siegel trug; man glaubte, dahinter stecke Verrath und wollte den Gesandten als Bürgen behalten. Allein die Versicherung desselben, dass Alles, was der Brief enthalte, der aufrichtige Wille des Königs sei, beruhigte die Gemüther, und auch Chmielnicki trug das Seine dazu bei.

Der betreffende Brief enthielt, wie gesagt, die Antwort auf die von Mokrski überbrachten Forderungen[60]. Der König verlangte von den Kosaken die Absendung von Gesandten zu den Verhandlungen, welche die schwebende Frage lösen sollten, versprach ihnen Wiederherstellung ihrer Freiheiten und Privilegien, gab selbst zu, dass der Aufstand aus den von den Kosaken angeführten Ursachen hervorgegangen sei, und sprach die Hoffnung aus, dass sie ihr Vergehen durch treue Dienste gegen die Feinde der Republik gut machen würden.

Auch kündigte er ihnen an, dass er ihrem Wunsche, unmittelbar unter dem Befehle des Königs und nicht der polnischen Magnaten zu stehen, nachzukommen bereit sei. Weitere Bestimmungen sollten die Commissare, die bald eintreffen würden, mit ihnen vereinbaren[61].

Die religiöse Frage anlangend, so versicherte er sie einer baldigen Erledigung in dem Sinne, dass künftighin keine Beschränkung der griechischen Confession mehr stattfinden solle. Auf dem Krönungsreichstage endlich, so verhiess das Schreiben, würden alle diese Zusicherungen bestätigt werden. Der König forderte dafür nur die Kosaken auf, sofort zu ihren Standquartieren zurück-

---

60) Rel. d. Smarzewski (s. oben).
61) C. d. Briefes des Königs an Chmielnicki v. 1. Dec. 1648. Manuscr. der Warschauer Bibliothek Nr. 518. Hist. Miscellanea. 1629—1649.

zukehren, die empörte czerń zu zerstreuen und die Tataren zu entlassen, sie aber beim Rückzuge am Plündern
zu verhindern. Noch an demselben Tage, wo dieses
Schreiben anlangte, begann der Rückzug der Kosaken
von Zamość und am folgenden Tage verliess Tohaj Bej
mit seinen Schaaren die Kosaken, so dass am 4. Tage
die ganze Gegend frei war. Im Januar 1649 gingen
auch die Commissare, unter denen vor Andern der Wojewode Kisiel und der Unterkämmerer von Lemberg
Miaskowski zu nennen sind, nach der Ukraine ab, und
langten am 19. Febr. in Pereasław an, wo sie von
Chmielnicki empfangen wurden.

Auf offenem Markte vor versammelten Kosaken
brachten sie ihre Anträge vor: Amnestie alles Geschehe-
nen, völlige Freiheit der griechischen Kirche, Vermehrung
des Registers, Restitution der frühern Rechte und Privilegien der Saporoger. Dafür forderten sie, dass die
Kosaken, wie gleicher Weise das polnische und lithauische
Heer, in ihren Standquartieren bleiben, die zu ziehende
Linie nicht überschreiten [62]) und dem Treiben der czerń
Einhalt thun sollten. Diese Verhandlungen stiessen auf
einige Schwierigkeiten, da Chmielnicki nicht nur verlangte, dass ihm Czaplinski, sein persönlicher Verfolger,
ausgeliefert, sondern auch, dass dem Fürsten Wiśniowiecki der Oberbefehl über das polnische Heer abge-
nommen werde.

Als Ultimatum stellte Chmielnicki folgende Bedingungen auf:

1) In der Ukraine wird die Union gänzlich abgeschafft und nur die griechisch- und die römisch-katho-
lische Kirche geduldet;

2) die früheren Freiheiten und Gerechtsame der
Kosaken werden erneuert;

3) der Wojewode, der Castellan und der Starost von
Kiew gehören stets der griechischen Confession an;

---

62) Niemcewicz: Diarium der Reise zu dem saporogischen Heere
von Miaskowski. Bd. IV. pag. 352 u. folg. Dasselbe in pamjatniki etc.

4) der Metropolit von Kiew erhält im Senat unter den geistlichen Senatoren einen Sitz eingeräumt;

5) die Juden werden aus der Ukraine verwiesen. Die Jesuiten sind zwar geduldet, dürfen aber die Schulen nicht mehr in ihren Händen haben;

6) das Register wird auf 40,000 Mann erhöht. [63])

Die Abgesandten erklärten, für solche Bedingungen keine Vollmachten zu haben und kehrten unverrichteter Sache zurück. Als die Geistlichkeit und der Adel von diesen Bedingungen in Kenntniss gesetzt wurden, wollte weder die Eine noch der Andere von einem Vergleiche hören; ja, die geistlichen Senatoren erklärten auf das Bestimmteste, sie würden auf keinen Fall mit dem griechischen Metropoliten gemeinschaftlich im Senate sitzen. Die Jesuiten, die ihren Einfluss in der Ukraine bedroht sahen, und die, da die Erziehung der polnischen Edelleute meist in ihren Händen war, vielfach bestimmend auf sie einzuwirken vermochten, machten es einem jeden Edelmanne zur Gewissenssache, ihre Zustimmung zu diesem Vertrage zu verweigern.

Am bedenklichsten aber schien dem Adel die verlangte Zahl von 40,000 Registrirten zu sein, die, unter unmittelbare Leitung des Königs gestellt, allerdings eine gefährliche Waffe in den Händen desselben gegen die Vorrechte des Adels zu Gunsten des Monarchismus werden konnte. Dazu erhitzten noch allerlei Gerüchte die aufgeregte Stimmung des Adels.

Es wurde z. B. erzählt, ein aufgefangener Kosak habe eingestanden, dass Chmielnicki, den der Adel, gleichsam, um ihn zum Bauern zu stempeln, verächtlich Chmiel nannte, weit grössere Forderungen zu stellen gedenke, dass er ein Bündniss mit Russland abgeschlossen u. s. w. [64])

Um daher alle weitern Verhandlungen unmöglich zu machen, überfiel plötzlich der Adel mit den ihm zu Ge-

---

63) Rudawski I, 7. pag. 40. Verglichen mit demselben in d. pamjatniki etc.

64) Punkta relacyi sckretnéj in pamjatniki etc.

bote stehenden Truppen trotz des Waffenstillstandes die Abtheilungen der Kosaken, die bei Bar und Ostropol standen. Als Chmielnecki davon Nachricht bekam und zugleich erfuhr, dass die Polen ein neues Heer sammelten, nahm er, wohl erkennend, dass an Friede nicht zu denken sei, die czerń in sein Heer auf,[65]) und rief die Tataren zu Hülfe. Dieser Schritt des Adels geschah ganz wider den Willen des Königs, der durchaus nicht auf der Seite desselben stand. Wie aufrichtig er die Zufriedenstellung der Kosaken wünschte, beweisst ein huldvolles Schreiben an Chmielnicki und die Thatsache, dass er nach dem Tode des Janusz Tyszkiewicz, der 1648 starb, Kisiel zum Wojewoden von Kiew machte und dass er Czaplinski aus dem Ritterschaftsregister streichen liess.[66])

Das Commando des neu gesammelten polnischen Heeres bekamen wiederum drei Befehlshaber: Andreas Firlej, Stanislaus Lanckoroński und Nikolaus Ostrorog, derselbe, der schon bei Piławce dieselbe Stellung bekleidet hatte.

Gleich anfangs zeigte sich das Unvortheilhafte einer solchen Dreitheilung des Commandos, deren Nachtheile man aus einer Erfahrung noch nicht genug erkannt hatte.

Erst nach langem Streiten wurde man einig, ein festes Lager bei Zbaraż zu beziehen, was, obwohl die Universalen die Einberufung des Heeres auf den 22. Mai bestimmt hatten, doch erst am 30. Juni geschah. Statt 30,000 Mann, wie beschlossen, fanden sich nur 9000 streitbare Männer mit einem Tross von 18,000 Mann ein, und dieser geringen Zahl gegenüber erschien am 10. Juli Chmielnicki vor Zbaraż mit der bedeutenden Streitmacht von 200,000 Kosaken, vereinigt mit dem Tatarenkhan, der eine Horde von nahe an 100,000 Mann anführte.[67])

---

65) Brief v. 1. Mai 1649 an den Kastellan v. Kamieniec bei Grabowski: Wspomnienia ojczyste.

66) Brief des Königs an Chmielnicki vom 27. März 1649 bei Grabowski.

67) J. Pastorius lib. I. pag. 51 u. 52 giebt die Zahl der Kosaken auf 280,000 an, die der Tataren über 100,000. Verhältnissmässig

Bevor sich Chmielnicki zum Sturm anschickte, forderte er die Auslieferung des Wiśniowiecki und Koniecpolski, die sich im Lager der Polen befanden und versprach den Andern freien Abzug nach erfolgter Capitulation. Nach eingegangener abschlägiger Antwort begann er den Angriff. Die Seele des Widerstandes im Lager war Wiśniowiecki, obschon er bei der Austheilung der Befehlshaberschaft auch diesmal übergangen worden war. Das polnische Heer leistete so kräftige Gegenwehr, dass die Kosaken bis zum 15. August vergebens das Lager bestürmten, wiewohl in der letzten Zeit die Noth sich im Lager schon fühlbar zu machen begann. Da langte endlich der König, der schon am 17. Juni Warschau verlassen hatte, in der Nähe von Zborow, 2 Meilen von Zbaraż, mit 22,000 Mann des allgemeinen Aufgebots und 12,000 Mann Soldtruppen an.[68]) Als Chmielnicki Nachricht von der Ankunft des Königs erhielt, schickte er einen Theil seiner Truppen, meist Tataren, dem Könige entgegen, während er selbst die Fortsetzung der Belagerung von Zbaraż betrieb.

Die abgeschickten Tataren griffen den Vortrab des Heeres an, als er eben im Begriffe stand, über den Fluss zu setzen, um über Zborow hinaus zu gelangen, und warfen ihn zurück, bei welcher Gelegenheit die Polen einen ganz bedeutenden Verlust erlitten und zu fliehen begannen. Die Scene von Piławce hätte sich wiederholt,

---

ist diese Zahlenangabe noch bescheiden, denn die meisten Berichte über die Grösse dieses Heeres sind fabelhaft übertrieben, so z. B. giebt Nathan Neta in seinem „Jawen Mezula" pag. 33 die Zahl der Kosaken auf 600,000 an. Grondski pag. 100 sagt: Cosacci et Tartari cum tantis copiis, ut nec Tamerlanem majores habuisse crederetur, subsecuti etc. Der Umstand, dass sich 100,000 nach dem Zborower Vertrage zur Einregistrirung meldeten (das Theatrum Europaeum Bd. VI. pag. 996 weist hierfür die Zahl von 140,000 auf), berechtigt zur Annahme, dass Chmielnicki ein Heer von 200,000 Mann um sich hatte. Von den Tataren sagt Le Vasseur de Beauplan : Führt der Khan selbst an, so belaufen sie sich auf 80,000 Mann, giebt er das Commando einem Mursen, so besteht die Armee nur aus 40- bis 50,000 Mann. — Der Bericht des Pastorius, in Etwas modificirt, ist folglich annehmbar.

68) Rudawski: I, 7. pag. 46.

wenn nicht der König herbei geeilt wäre und sich den
Fliehenden entgegengestellt hätte.

Als am andern Tage die Tataren und Kosaken von
Neuem dem Heere bedeutend zusetzten, und der König
fürchtete, von seiner Armee im Stiche gelassen zu werden, zugleich die Ungleichheit der beiden Truppenkörper
erkannte, von denen der seinige Mangel litt, während
dem gegnerischen Alles zu Gebote stand, schrieb er auf
Anrathen des Grosskanzlers Ossolinski einen Brief an
den Khan, worin er ihn an die Wohlthaten seines Bru-
ders Ladislaus IV.[68]) erinnerte und ihn ersuchte, von
dem Bündniss mit den aufständischen Kosaken abzu-
lassen.[69])

Schon am andern Tage langte die Antwort des
Khan an, der geneigt war, die Feindseligkeiten einzu-
stellen, wenn der König ihm 200,000 Thlr. auszuzahlen
und die Rechte der Kosaken zu wahren versprechen
wollte. Mit diesem Schreiben des Tatarenkhan traf zugleich ein Brief des Chmielnicki ein, veranlasst durch
ein Schreiben des Königs an die Kosaken, worin er sie
benachrichtigt, dass er Chmielnicki als Verräther und
Rebellen betrachte, ihn der Hetmanswürde entsetze und
für die Kosaken einen neuen Hetman, den Zabuski er-
nannt habe. Chmielnicki, vielleicht fürchtend, verlassen
zu werden, bot in aller Demuth die Hand zum Frieden
und erklärte sich sogar einverstanden, den Hetmansstab
seinem Nachfolger zu übergeben, wenn das ihm geschehene Unrecht gut gemacht und ihm fortan ein
ruhiges Leben unter königlichem Schutze zugesichert
würde.[70])

In Folge dessen kam am 19. August ein Vertrag
mit den Tartaren und Kosaken zu Stande, in welchem
man sich in Folgendem vereinbarte:

---

68) Der Khan Islam Girej war in polnischer Gefangenschaft
gewesen und vom Könige Ladislaus freigelassen worden.
69) Rudawski: I, 7, pag. 47.
70) Brief d. Chmielnicki an den König aus Zborow in pamjatniki etc. und bei Rudawski: I, 7, pag. 48.

1) die durch königliches Wort verbürgten Freiheiten und Immunitäten werden den Saporogern vollständig gewährt;

2) die Zahl der registrirten Kosaken wird auf 40,000 Mann erhöht;

3) die Stadt Czehryn mit ihren Territorien gehört fortan dem Hetman der Ukraine, d. h. zur Zeit dem Chmielnicki;

4) es soll Amnestie für alles Geschehene gewährt werden, mithin ist der Adel, sowohl griechisch- als rö- misch-katholischer Confession, der sich während des Auf- standes auf Seiten der Saporoger befunden hat, frei und darf auf seine Güter zurückkehren, die ihm wiederer- stattet werden, insofern sie confiscirt worden sind;

5) das Heer der Republik darf sein Lager nicht dort aufschlagen, wo sich die registrirten Kosaken be- finden;

6) auf Territorien, wo Kosaken ansässig sind, sind Juden als Pächter nicht zuzulassen;

7) die Union wird abgeschafft und der Metropolit von Kiew in den Senat aufgenommen;

8) der Wojewode, der Starost und der Castellan von Kiew sollen künftig stets griechischer Confession sein;

9) die Jesuiten werden von den Schulen entfernt und ihnen in der Ukraine keine neuen Klöster gestiftet;

10) die griechischen, den Kosaken gewaltsam ent- rissenen Kirchen, sind ohne Ausnahme zurückzuerstat- ten.[71])

Hieran schliessen sich noch einige Bestimmungen über Bier- und Branntweinverkauf und Aehnliches, die wir füglich übergehen können.

Chmielnicki erschien nun selber im Lager des Kö- nigs, nachdem zuvor den Kosaken ein Bürge für ihn ge-

---

[71] Kochowski: Climact. I, lib. II, pag. 150 u. Rudawski: I, 7, pag. 51. Verglichen mit Manuscript d. Graf Krasińskischen Biblio- thek: declaracya łask Król. Wojsku Zapor. pod Zborowem r. 1649.

stellt worden war. Hier führte er noch einmal persönlich Klage über das Verhalten der Magnaten zu den
Kosaken und bezeichnete sie als die einzige Ursache alles
Blutvergiessens. Der König unterschrieb den Vertrag,
während Chmielnicki den Eid der Treue schwur.

So endigte der Krieg dieses Jahres. Chmielnicki
war wirklich gesonnen, den Frieden aufrecht zu erhalten;
er that zu diesem Behufe unter den Kosaken Alles, was
er thun konnte. Er für seine Person wollte das Versprechen, ein eifriger Diener des Königs und der Republik
zu sein, treulich halten [72]). Dass es anders kam, ist
nicht seine Schuld, sondern die des polnischen Adels;
denn diesem sagten die Verträge von Zborow, durch
welche der Friede erkauft worden war, durchaus nicht
zu. Er beschuldigte den König des Einvernehmens mit
den Kosaken und bedachte nicht, dass. Letzterer Ange-
sichts der Gefahr, in welcher das Heer und vielleicht
auch die Republick bei Zborow und Zbaraż schwebte,
keine günstigeren Bedingungen erhalten konnte. Während man daher den erbitterten Feind der Kosaken, den
Fürsten Wiśniowiecki mit Jubel empfing, ihn als Retter
des Vaterlandes, als pater patriae begrüsste, ihn von
Seiten des Adels als Verfechter seiner Vorrechte und
Seitens der Geistlichen als Beschützer der Kirche pries,
empfing man den heimkehrenden König in Warschau
kalt. Mit Mühe gelang es dem König die Bestätigung
der Zborower Verträge zu erhalten. Aufs Neue erklärten
die geistlichen Senatoren entschieden, sie würden sofort
ihre Sitze verlassen, wenn der Metropolit von Kiew im
Senate erscheinen werde [73]). Als Letzterer, Sylvester
Kossow mit Namen, zum Reichstage in Warschau eintraf
und von dem Entschlusse der Ersteren in Kenntniss gesetzt worden war, zog er es hochherzig vor, lieber nicht
im Senate zu erscheinen, als sein Vaterland durch Nicht-

---

72) Briefe des Chmielnicki an Kisiel im October 1649 bei
Grabowski.
73) Kochowski: Climact. I, lib. II, pag. 168.

zustandekommen des Reichstages in neue Wirren zu stürzen.

Obgleich allgemeine Amnestie gewährt worden war, mithin die Bauern herrschaftlicher Güter, welche sich am Aufstande betheiligt hatten, nicht bestraft werden sollten, geschah dies doch nur allzu häufig. Der zusammengelaufene Pöbel, der sich um Chmielnicki versammelt hatte, wollte in Folge dessen nicht nach Hause zurückkehren, sondern lieber unter den Waffen bleiben und bereitete dadurch diesem einen schweren Stand bei Aufstellung des Registers, wozu sich, obwohl nur 40,000 Mann einzuregistriren waren, doch gegen 100,000 meldeten.

Als der Adel erfuhr, dass Chmielnicki ausser den Einregistrirten noch eine fast gleiche Anzahl Nichteinregistrirter um sich habe, sah er darin eine Verletzung der Verträge und erklärte diese für nicht mehr bindend. Immer peinlicher wird die Lage des Chmielnicki, und endlich so gefahrvoll, dass wir uns nicht wundern dürfen, wenn er, von allen Seiten gedrängt, sich anderweit nach Hülfe umsah; so viel hatte er nun deutlich erkannt: Von dem polnischen Adel hatten die Kosaken einen befriedigenden Ausgang der Dinge nicht zu erwarten.

In diesen zwei Jahren der ersten Phase des blutigen Bruderkriegs, denn soviel umfasst der Gegenstand unsrer Darstellung, steht Chmielnicki noch nicht als Verräther des Vaterlandes da. Weit entfernt, sich Russland in die Arme zu werfen, sucht er nur die furchtbare Last, welche der Adel auf die unter ihm stehenden Volksschichten gewälzt hatte, abzuschütteln und für seine Kosaken, unter denen er sich sein ganzes Leben hindurch in Ansehen und Einfluss zu erhalten wusste, eine günstigere Stellung zu gewinnen.

Chmielnickis Treue und Anhänglichkeit an die Republik ist in dieser Phase unzweifelhaft, und wenn er die Kosaken nicht dahin gebracht hat, wohin er sie zum Nutzen der Republik bringen wollte, so fällt die Schuld wiederum auf den polnischen Adel, der auf unverantwortliche Weise eine so tüchtige Kraft, wie die Kosaken waren, sich von der Republik loszusagen zwang. Wenn Chmielnicki während der ersten Phase des Aufstandes schon mit der Türkei und Russland Verbindungen anknüpfte, so liefert dies keinen Beweis, dass er schon damals an Abfall von der Republik dachte; denn erstens that er hierbei nur, was nach polnischen Begriffen der Adel, der selbständig in diplomatischem Verkehre mit den auswärtigen Mächten stand, thun zu dürfen sich berechtigt glaubte, sodann verhinderte er dadurch dieselben, mit der polnischen Krone gemeinschaftliche Sache gegen die Kosaken zu machen. Neuerlich herausgegebene Documente[74]) liefern offenkundig den Beweis, dass Chmielnicki sich zwar um die Freundschaft des Czaaren bemühte, aber weder seinen Beistand angerufen, noch mit ihm Verträge abgeschlossen hat Er hat damit nur vorgebeugt, dass ihm die Polen, die durch Kisiel mit dem russischen Hofe in Verbindung standen, nicht zuvor kamen.

Wenn er dem Czaaren Alexiej Michajłowicz den Rath gab, sich um die polnische Krone zu bewerben[74]), so floss das aus demselben Motive, sich die Gunst Russlands und so dessen neutrale Stellung zu erhalten. Kein einziges Schriftstück aber beweist, dass er in diesen zwei Jahren irgendwelche Verpflichtung gegen auswärtige Mächte übernommen habe. Anders lauten die Documente aus der zweiten Phase dieses Aufstandes, wo Chmielnecki zum Schaden der Republik mit auswärtigen Mächten Verträge abschliesst, die schliesslich die Uebergabe des Landes der Saporogischen Kosaken an Russland im Jahre 1654 zur Folge haben.

74) Akty otnosiaszczyjesia k'istorii jużnoi i zapadnoi Rossii obrannyje i izdannyje archeograficzeskoju Kommissijeju. Petersb. 1861.
75) Brief d. Chmielnicki vom 8./18. Juni 1648. Citirt in den Akty otnosiaszczyjesia etc. sub Nr. 197.

Vita.

Der Verfasser, kath. Confession, geb. zu Wongrowiec am 9. August 1839, besuchte das Gymnasium zu Trzemeszno, welches er im Jahre 1859 nach bestandener Maturitätsprüfung verliess, um sich auf der Universität zu München dem Studium der Theologie zu widmen. Von Michaeli 1864 an wandte er sich dem philosophisch-historischen Studium zu und hörte nun ebendaselbst die Vorlesungen der Herren Professoren DD. Christ, von Giesebrecht, Halm, Spengel. Hierauf bezog er die Universitäten zu Breslau und Berlin und besuchte auf ersterer die Vorlesungen der Herren Professoren DD. Bernays, Braniss, Cybulski, Haase, Hertz, Junkmann, Roepel, Rossbach und auf letzterer die der Herren Professoren DD. Althaus, Droysen, Hübner, Lepsius, Mommsen und von Ranke.

Während dieser Studienzeit war er nacheinander Mitglied der historischen Gesellschaften der Herren Professoren DD. von Giesebrecht, Junkmann und Droysen.

Allen diesen seinen hochverehrten Lehrern sagt er hiermit seinen aufrichtigen Dank.